「好き」の因数分解

最果タヒ

どうして好きなのか、

と言われても、答えようがない。そこに答えなどなくて、答えなど必要なくて、私の前にそれが存在することを、ただ確かめ続けたい。「好き」という言葉はそのためにあって、それ以外何もない、その内側に何があるかなんて、知ろうとするたび爆発だけが起きる。風船が割れるみたいに真っ白になる。私はだけれど書いてみたい、真っ白なところではなくて、その破裂する瞬間を言葉にしたい。ここにあるのは、好きを飛び越えた私そのもの、もしくは、私さえ飛び越えた、生きることであると信じているから。

ミッフィー

むやみに一人で微笑んでいたりすることが恥ずかしい、と思うようになったのは中学生ぐらいのことだ。一人でにやにやしているのはみっともないし、気持ち悪いって友達が言っているのを聞いて、そうなのか、とこっそり気をつけるようになった。すぐに、笑ってしまう子供だった、一人でいようが楽しいことは思いついてしまうし、他人と真剣な話をしていても、人と会話するということが嬉しくて、つい浮かれてしまっていた。笑顔が好まれないことがあるなんて、私には想像もできないことだった。テレビでタレントさんがずっと口角をあげているのを見て、「私もこうしたほうがいいに決まっている」とわかるのに、実行する勇気がもうどこにもない。そうして生まれた無表情は、感情を押し殺した先にある表情で、ただただ苦しいもの、自分の感情とは全く関係のない存在だった。そんなものが顔に貼り付いているなんて、それだけで自分のことが嫌いになりそうだ。

ミッフィーが好きだ。アニメや絵本もよく見ていたけれど、そうした物語においてもミッフィーは表情を見せなかった。うれしいときも無表情、怒ったときも無表情、悲しいときだけ雫が出てきて、でも顔は無表情。それがとても自然なことに見えて、大好きだった。ミッフィーの気持ちはセリフやお話の流れでわかるけれど、でも本当のところそのミッフィーが心の底で何を思っているかなんてわからない。その、わからなさを私たちに委ねてくれているのが心地よかった。ミッ

ミッフィーの福だるま、ご存知でしょうか。赤いだるまの中にミッフィーが入っているかのようなぬいぐるみです。もちろんブルーナカラーでブルーナデザインそのものというぬいぐるみも好きですし、むしろそっちを追い求めてきた人生でしたがこの福だるまはやばいです。私はもともと他のキャラクターでも、謎の着ぐるみや服を着させられているぬいぐるみに異様に弱く、この福だるまは特にその「着させられ」感が猛烈で、すばらしいコラボレーションです。ありがとう日本。ミッフィーの無表情さが、より福だるまを着ているが本人は気づいていないかのような「呆然」感をひきだし、それでいてなにか堂々としたものも感じる。生まれつきこうですけど？という強さも感じる。歴代傑作ミッフィーの一つでありますね。ありがとうありがとう。

関係性

ひととひとがかかわりあうことで、好意や嫌悪がかならず生じるはずだと思うことが苦しいです。これ以上近づきたいとは思わないが50年後もこの距離でいたいとおもう人が現れるたび、私はとても安心する。友達や恋人といった関係ばかりの世界に風穴をあけることができた気がする、遠く、しかし信頼する人が現れたとき、私は一人でも二人でもなくなり、それはなによりも自然であると思えます。

好印象を与えるために会話をするということができない、印象など残さずにただ重要なやりとりや話をしたいと思う。それは、人間味のないことなのだろうか。関係性を最優先にするなら、私は核心に触れられない。尊敬する人にほど、あなたの思考回路を冷たいナイフで解体し、見てみたい、としか思わない、私の敬意はどこまでも無礼だ、けれど、その人の話を、こんなにも聞きたいと思う人は他にいないのではないかとも思う。

私は時々とてもさみしいが、愛されるかどうかとかではなく、誰もがいつか必ずいなくなることがひたすらにさみしい。

フィーは私たちのお友達でもあるけれど、でも、ミッフィーという独立した「こころ」があって、そのすべてを覗くことなんてできないし、そのすべてを見せてもらえることが「親しさ」なわけでもない。だから、すべてを見せているかのように、ミッフィーが顔で演じることもない。「私は表情が豊かだから、あなたに心を開いているんですよ」という態度よりもずっと、正直で、そして私たちのことを信じているようにも思えた。

すべてを見せることが、なにもかもを伝えることが、私たちに本当に、必要なことなんだろうか？　そうではなくて、お互いがお互いを、たったひとつの「心」なんだと尊重しあって、すべてを見たがらない、暴こうとしない、ということこそが「関わる」ということなんじゃないだろうか。

無表情な自分が苦手だった私は、けれど、表情筋をフル稼働して気持ちを伝えるということもなんだかしたくはなかった。じゃあ、どうやって気持ちを表せばいいのか？　そんなことをぐるぐる考えて、ふとミッフィーのことを思い出す。無表情なミッフィーを前にすると、どうしてか一番素直になれた気がした。どんな表情を見せようか、なんて、表情をコミュニケーションの道具にするようなこと、ミッフィーはしなかったし、だからこそ私はミッフィーのことが大好きだったはずなんだ。

風立ちぬ

生きるということと、作るということは、本当に両立しえるのだろうか。私たちの体はたしかに、息をしている、心臓を動かしている。けれど、私たちの意識が、「生きる」ためにそそぎこんでいるすべてを、作るという行為に向けて、それでも生きていると言えるのだろうか。

何かを作ろうとする人は、ときどき自分が生きていることから引き剝がされていくようになにもかもを捨て置いて、筆先に魂を載せようとする。その瞬間がうつくしいとか神聖だとか、言うこともできるけれど、きっとそんな言い訳をする必要すら感じていないだろう。生きているということをどこかで忘れる瞬間がなければ到達できない線が、きっとあるのだ。（私たちはそうしてできあがった作品を、どこかで見たいと欲してもいる。）だから、認めるしかなくなるだろう。失ったことを受け入れるしかなくなる。犠牲にしたものは、犠牲にしたものでしかないがしろにしてしまったものは取り戻せないし、破壊したものは元には戻らない、後悔の上に塗ることのできる色などどこにもないという、そのことを、認めるしかない。それでいて、いや、それなのに、いつかかならず才能は枯れる。それも、人生よりもずっと先に。

『風立ちぬ』、映画館で最初に見たとき、私はこの映画が恋愛映画として紹介されていたのを途中で思い出し、首をかしげた。中盤まで私は、ものを作るという行為についての話だ、と思っていたからだ。そして、

ジブリ映画の中で、何が好きかという問いかけが昔から苦手です。というよりも、もしかしたら「何を好きかでその人の人格がおおよそわかる」という捉え方が苦手なのかもしれません。好きなものをどんなに並べてもそれは私の外側にあるものであり、「私の近くにあるもの」でしかなく、内側の話が一つもできていない、と思ってしまう。本当は「どうしてその映画が好きなのか」じっくりきくうちに「映画の話じゃなくなってますやん」というところまで行けてやっと「少しだけその人と話ができた」と言えると思う。何かを好きになるっていうのは、その「何か」だけじゃ発生しないことであって、その人自身が抱えてきたものの爆発なのだから。何を選ぶかは、そこまで重要ではないのかもしれない。

映画

映画館に、子供のうちにもっとたくさん行っておけばよかった、子供のうちに毎日のように映画を見ておけばよかった、今でも私はあの空間が落ち着かなくて、映画に集中がぜんぜんできない。露骨に映画のためにあるあの場は、映画自体がまだ「特別」なものに思えてならない私にはとてもゴージャスで、予想外のもてなしを受けたときみたいに真っ赤になってしまう。もっとテキトーに映画を見る時間を、友達と過ごせばよかった。いつも浮かれて、いつもパンフレットを買ってしまう。どぎまぎして、興奮して、自動的に、大体の映画がめちゃくちゃよかったような気がしてしまう。これが本当にいやなんです。とても軽薄だと思う。映画は強制的に「ともに時間を過ごす」ことになるから。自分自身のことも、映画には見えているように思うのだ。

恋愛映画でないならば、この映画をなんと呼べばいいのか、決めかねてもいた。二郎の人生の物語だと言ってしまうのもなにかが違う気がする。いや、確かに人生の物語ではある、人生そのものではなく、人生が作品のために燃やされていく、その瞬間の物語、ではあるのだろう。けれど、それだけではない何かがその先に、待っている気がした。人生は、なぜならどこまでも捨てきれないものだから。

人生を燃やしていくように夢を追っても、夢は決して永遠ではなく、いつか、消え去る。そして、必ず、手元には残りの人生が残る。すべてをないがしろにしても犠牲にしても、人生そのものは消え去ることがなく、だから、それらの存在も過去にはならない。余生は、その影とともに生きる他はないのかもしれない。絶望、と思う人がいたって、きっとおかしくはない。そしてだから、私は、終盤、飛行機の墓場のようなシーンに息を飲んだ。10年という才能の期限に、恐怖もした。けれど、私はそれらよりも、最後、菜穂子が二郎に告げた「生きて」という言葉が忘れられないでいる。「あなたにはまだ、人生がある」、そのことを希望として、いや、希望になってほしいという「祈り」として、彼女は告げていた。愛だ、とこれほどに、強くはっきりと思ったシーンは今までなかった。恋愛映画なのか、それはわからない。けれど、これは愛の話だ、私はそのときに確信をしていた。

マックグリドル

繊細なことはもういいんだよ、と思うことがある。季節の移り変わりや、空の色の変化や、そういうことに「もうそういうのはいいからあああああマックグリドルをよこせ！」と叫びたくなる。私は自分を繊細だとは思ってないし、感受性が豊かだなんて（謙遜とかじゃなく）本気で思えない。でも、それでも日常では自らの感受性にふりまわされている。上手く、コントロールすることができない、悲しみや怒りを、何もなかったみたいに見せかけることもできない、嫌いな人には優しくできない、相手に気持ちよく話してもらうよう促すとかできたことがない、別に私がとびきり儚くて、敏感な感性を持っているとかそんなロマンチックなことではなく、ふつうに図太いところも、ふつうに鈍感なところもあるのだ、それでもただ下手くそだ、配慮が足りない、客観視ができていない、自らの感性を飼いならすことができていない。それでも私は言葉をこねて、まるで自分の感性が豊かであるように自らに見せかけている、ような気がする、もはやどこまでが冷静でどこからが卑屈かもわからんなー、しかしそう思ってしまう、思ってしまうんだ。だから、マックグリドルを好きと思える自分が、好きだなあ。

マックグリドルとは、マクドナルドの朝のメニューで、シロップをふんだんに含んだパンケーキでソーセージや目玉焼きや

ここまで書いておいてなんなのですが、朝マックはソーセージマフィン派ですので、マックグリドル、そんな頻繁には食べないです。食べたくなるとマックグリドルのことしか考えられなくなるのですが（年に一回）、それ以外のときはソーセージマフィンがいいな〜。求めるときにしか食べたくない食べものNo.1かもしれない。でもその瞬間に口にできたら最高なのです、すべてがほどけるというか、爆発する、というか。

空港

朝マックが一番おいしい場所は空港だと思う。搭乗手続きをしてから、朝マックで時間を潰すのだ。朝一の移動で目が腫れている中、みるクルー募集のトレイマット、ハッシュポテトとソーセージ、巨大なスーツケースと席で寝る人。飛行機が苦手なんです、私はできる限り乗りたくないし、世界に新幹線が開通すればいいと思っている。しかし朝マックを食べられると思えば、なんとか朝起きることができる。飛行機……乗るか……！という気持ちまで持っていける、いけるか？ぼくは死ぬことをイメージせずに飛行機に乗ることはできない、もちろん車に乗る時も、バスに乗る時も、よくないことをたくさん想像するが、飛行機は乗り込むその瞬間に運命は決まっていると思う、ので、吐きそうになる。だからジャンクフードがいいんです。ジャンクフード、食べるとしばらく死なない気がする。ジャンクフード、体に悪いからこそ、今すぐには死なない気がする。

チーズを挟んでいる。甘いとしょっぱいが50:50のハーモニー、ではなく、100：100で陣地の取り合い・殴り合いをしているような食べ物なのです。口にすれば一瞬で、おいしいも甘いもしょっぱいもメーターを振り切り、空腹感も「えっなんですかこれは」とただ戸惑う。そして私の感性はなすすべなく爆笑するんだ。これがなんなのか分からない、甘いのかしょっぱいのかも分からない、あんなにも行動と言葉をふりまわしてきた感性が、ああ笑うしかなくなっている。私は、だから感性を追い抜くようにマックグリドルを頬張り続け、どうしてこんなに夢中なのか、言葉にならないまま完食をする。

おいしいとか、お腹いっぱいとか、そもそもそういうのは感性とは外れた部分にあるのかもしれない。でも別次元というわけでもなく、どこか繋がっている。だからこそ、食べたものが感性を突き破り、繊細に並べたドミノを巨大な足で踏み潰すごとく、私の感性すべてをリセットしてくれるのではないか。食いしん坊でよかったなあとこういうときに思います。世界一おいしいと思うのは何、と聞かれてもマックグリドルは思い浮かばないけど、でもあってよかった、出会えてよかった！　そうは思います。

燃える

とりま音速で、と思いながら書いている時がある。何を書くか、どう書くか、よりも、速度を追求している時があり、そのとき私は詩を書いている、と実感する。こんなことを話したところで誰にも伝わらない気がしている。気持ちとか、考えとか、思いとか、それは一瞬一瞬の「人間」であるけれど、ほんとはどれもがすごいスピードで変わっており、生から死へと向かうその中で、そのスピードが無視できない。私が、現代詩をよんで、「わけわからん！　何を書こうとしたのか、どう書こうとしたのかなんてわけわからんが、でも！　スピードがある！！！」と大大大興奮した昔のことを思い出す。私はそのとき、どんな真理が書かれている言葉より、どんな美しい表現を用いた言葉よりも、「本当」だと思った。それは、言葉を読むという行為が、結局は読み手にとって過去から未来へ進む行為であり、そのあいだにも私の命は削られているからだ。削られていくそのことを強烈に思い起こさせるようなスピードが、真実でなくてなんなのだろう。削れていくそのことを、そのものを、ダイナミックに刻み付けるように私に見せつけるそれが、本当でなくて何が本当と言えるのか。私が、言葉とは、スピードであると信じた瞬間だった。

スピード狂となり20年弱経ってしまいましたよーそれが仕事になってしまいましたよー。本を勧める仕事が来たときなどに、か

「燃える」は吉増剛造の詩。詩集『黄金詩篇』収録。思潮社からでている現代詩文庫『吉増剛造詩集』にも収録されています。にしても、現代詩の詩集を偶然で手に取ることが極めて減っていることは残念でなりません。『吉増剛造詩集』は高校の図書室にあるべき、と思います。事故のように、隕石のように、出会うべきです。GOZOに。

現代詩って何？しらんねんけど？と思った私は大型書店まで赴いて、隅っこにある現代詩の棚から『吉増剛造詩集』を引き抜きました。どこかで、「燃える」が紹介されていたのだと思う。その詩を探し出し、その場で一読したところでたしか私は窒息をした。私は、何を読んだんだ？現代詩を知る、というテーマはもうここで消え失せていました。私は、知るとか知らないとかではなく、ただ、ここで目撃するのだとわかった。何十年も前の詩に対して、そう、「目撃」だと思った。この瞬間にあるもの、過去に決してならないスピード。人間が言葉を用いるその理由を知りました。

目撃

ならずそのきっかけとなった詩集を差し出してしまう、それは「とっつきやすい現代詩」ではないし、「困惑しろ！　困惑しろ！」という念を込めて勧めている。正直、気持ちとか、思想とか、情報とか、そういうものよりスピードに惹かれる人ばかりではないというのはわかっている。しかし、私はあの日までなんかめっちゃ苦しかった、なんか世界が気持ち悪かった、だって気持ちとか愛とか社会とかインターネットとかお得情報とかそんな話ばっかりしてみんな、なんかはぐらかしているようにしか見えへんかってんもん。みんな、今も死んでいってんで、なんだって言ってしまえば時間の無駄で、でもその無駄が無駄であることが大事なんちゃうの？　どうして、無駄やないって顔しかしてくれへんの？私は、燃えていく自分の体、命を美しいと思うし、無駄になっていく全てを、大気圏突入の宇宙探査機のように思うわ。そのスピードをみんな無視して怖い怖い、怖い！　と思ってる自分がいまにも消えてしまいそうでマジ怖い……という、恐怖を打ち消したのがあなたでした、吉増さん。吉増剛造の「燃える」を読んで、みんな戸惑えばええねん。困惑して、でもその群れの中で何人かが「あっ！　ああ！」って言葉を失いながらも内から白く輝き始めたらええなって思う。

お勧めです。

カルテット

小説を読むとき、私はいつもモノローグが好きだ！　と強く思う。その人物の喜怒哀楽が、偏りがにじみ出ている、一見読みづらいようなそんなモノローグが好きだ。人の思考回路のほとんどはきっと言葉にも絵にも音楽にもならず、あいまいなまま雲みたいに流れているはずだった。モノローグはその表面をそっと撫でるように言葉を乗せて作られている。整理などできていない人格が、言葉そのものに溢れてくる。小説には視覚的情報がないからこそ、そんな言葉のあいまいさが際立ち、美しく思えた。

一方でセリフは、声になっている言葉だと思う。登場人物が別の登場人物に伝えるために発せられることが多く、もちろん整理されずにこぼれでた言葉、というのもあるけれど、やはりどうしても、モノローグよりあいまいさが少なく見えた。言葉がひとりぼっちじゃないからかもしれない、伝えたい相手というのが明示されているからかもしれない。そしてなにより、人が嘘をつくからかもしれない。他人にすべてを伝えるようなそんな人間はどこにもいない。その人は、目の前にいる。けれどその人の一部は、見せてもらえない、目の前にない。つまりどこかが不在なんだ。誰もが、他人に対しては一部「不在」であろうとしていた。何を伝えて、何を伝えないか。その選択があ

ドラマを見る私とは一体誰なのか？ということを考えずにはいられない作品だ。彼らはみな嘘をつく。それが嘘だとある程度、私は知ることができる。この世界に関わることはできず、この世界を知ることしかできない私は、ある部分では登場人物の誰よりも真実に肉薄する。現実にはあり得ぬことだろう、真実を知ることが、その世界を生きることとはまったく違うと、見る時間が教えてくれる。

る限り、「セリフ」はその人自身を表すものではない気がしていた。

　けれど２０１７年に放送されたＴＢＳドラマ「カルテット」は、そんな、空洞をかたどるような、「不在」に満ちたセリフを、嘘を、生々しさに変えていた。私たちは嘘をつくし、言わないことも多くあるし、そうした「不在」をかかえて他人と向き合っている、という、そのことを、ドラマで生々しく晒している。展開やおもしろさのためにある嘘ではなくて、もっと本能的な、人が人としてあろうとするときに生まれる嘘がそこにはあった。ドラマの脚本や演出が私を騙すのではなく、登場人物が私に嘘をついている。そう錯覚するほど嘘は、当たり前のものとしてそこにあり、中には真実を補われることすらない「不在」も多く点在していた。どの人物のことも、なんとなくわかる、目の前にいるような、そんな近さを感じながら、それでもすべてをつかむことはできないこの状態が、私にはどんなわかりやすい物語より居心地がよくて、気づけば、毎週ただ嘘をついてもらうためにこのドラマを鑑賞していた。

台詞

　このエッセイを書いたのは2017年。私はこのころから、小説を書くことができなくなりました。それは小説を書くことに対して「なぜ？」と思ってしまったからです。私は詩の延長線上にある小説を書こうとしていました。モノローグを愛するのもそういう視点があったからでしょう。でも、ならば、詩を書いてりゃいい話でもある。私がそのときに思い出したのは、小説を書くときに心踊る瞬間があるということ。それは、予想しない台詞を登場人物が口にしたとき。台詞がその人物を自動的に形作り、会話が止まらなくなることがある。そのことを楽しい、と言ってもいいのだと知ったのは2019年に町田康さんと対談してからです。その一週間後に、詩の延長線上ではない小説を完成させることができました。今、このエッセイを読むと、いろんなことが懐かしいです。

ゆらゆら帝国

十代の頃、ゆらゆら帝国の「グレープフルーツちょうだい」をリピートし続け、それをカセットに録音した。私は音楽プレイヤーを古いカセットプレイヤーしか持ってなかったのでそれでこの曲をくりかえし聴きながらひとりミッフィー展を見に行った。特に楽しくはなかった、見るものも聞こえるものも好きなものなのに楽しくなくて、寒いけど明るい季節だった。そのことしか覚えていない。

悩み事がなかった私は、自分がでもめっちゃ感情の起伏が激しい人間で、傷つきやすいのだと知っていた。でもほとんど人と接していなかったから傷つく機会がなくて、放置された感性は、しかし書くことでなんとか錆びずに済んでいた。私にはだから不安がありました。なんかもっとコミュニケーションとかして、人間ドラマとか始めるべきでは、と。そのほうが良いものが作れるのではないか。という、気の迷いを否定してくれるのがゆらゆら帝国の音楽だった。なんでこんなことを私はしているんだろう、意味不明だなと思いながら、その不明瞭なままで歩くしかないって、ゆら帝聴きながら、結論づけていくんです。

人間は頭が良すぎる。空気読めるし、社会のシステム受け入れているし、痛みにも強くて、変な理屈も飲み込める。

好きになったバンドのほとんどが、もう解散していたりすぐ解散してしまったりした私にとって、ゆらゆら帝国は唯一見にいけた「10代の時に好きになったバンド」。ジカンジカン歌っている海外のお兄さんが最高だった、みんなとかにならず一体感など皆無で、それぞれ勝手に盛り上がろうぜ！！

ゆら帝きいて、ベーシスト以外なりたくない気持ち、心臓の音が愛おしくない人間なんていないんだよなあ、何を言うても結局は、心臓の音があるからこそ成立する部分ってあると思うんだよね、ぐいぐいいく音楽に真顔がまざっていて、でもその顔が死んでないのはどうしてかって、鼓動しているからであって、それがベースじゃん？なにを言っているのか微塵もきっと伝わってない！！盛り上がるギターや声の後ろで、淡々と続くベースが好きであり、私はグルーヴという単語の意味が、理屈はわかるが実感できないままであります、が、こういう音楽におけるベースだ！と言われると了解！と思う。高揚には肉体があり肉体には真顔の内臓たちがある。歌とギターがあってこその音楽であり、だからこそリズム隊を心から愛す。

グルーヴ

他人の顔色がわかる。言うべきことやるべきことがわかる。みんな、視力が良すぎるんだ、世界を見る視力が。人間ドラマとか、他人との関わりとか、思いついてしまうのもそのせいで、私はなんで私一人の頭の中を、信じられないのだろうって思う。すぐに既存の、よくわからん人生ストーリーをなぞろうとするのはなぜ。目が悪くなるべき、頭が悪くなるべき。無責任とか、無秩序とか、思考停止とかではなくて、ただぼやけさせ、あなたはあなたのためだけにフル回転しなさいと言うべきだ。

ゆらゆら帝国を聴かせた人に「全然わからん」と言われたことがある。でも、そうですか、としか思えなかった。自分の好きな音楽を誰かに理解してもらう必要などないし、むしろ自分自身にだってわからなくていいはずなんだ。私はどうして「グレープフルーツちょうだい」をエンドレスリピートしてミッフィー展に行ったんだ？　意味がわからないし当時もわかっちゃいなかった。でもあのとき、私が私に困惑するとき、私は、世界のことをやっと、少しも見ずに済んでいた。

水族館

世界が、海と陸に分かれているということを、暮らしているとどうしても忘れてしまう。私たちは陸上に住んでいて、そしてそこにはさまざまな動物がいるはずだった（いなくなってしまったけれど）、ということは頭の片隅に残っていても、私がマクドナルドにいるときも、私が映画を見ているときも、足をつけた地面の先にある海の奥に無数の生命がゆらゆらと泳いでいることは、すっかり忘れてしまっている。陸から見た海は、一つの生命体のようで、波が呼吸のようで、私はその底に何があるのか、ほとんど想像できてはいない。

水族館にときどき一人で行く。海に、沈むような行為だと思う。入るとまず光の色が違うことに驚くんだ。青や緑に染まった光の中で、水槽に囲まれ、歩いていく。両隣で魚が泳いでいて、彼らが私たちの世界に連れてこられたのか、私たちが彼らの世界に連れてこられたのか、もはやわからない。「侵入」してしまったとするならば、いつか溶け込んでもいけるかもしれない。そんな気がしている。

大人になって久しぶりに水族館に行ったとき、律儀に魚の名前と生態の書かれたボードを見ようとして疲れてしまった。そもそも、私はそんなこと興味がなかったんだとそ

水槽に囲まれているため、光が青や緑に染まっていることが多い。あの水族館独特の薄暗さがとても好きです。私はこの世で最も、デボン紀の巨大な魚たちが好きなのですが、いつかＶＲかなんかで絶滅水族館、やってほしいなあ。

海

海は、考える前からメタファーみたいにそこにあって、すぐに形のないものの比喩として立ち上がろうとするので、本当に気が抜けません。海を用いた詩文はどこか、海が書かせているのであり、私が書いているのではない、とすら思います。こういう単語はいくつかある。月や、秋や、夜。そう、百人一首を訳しているころ、歌人たちがみな月に惹かれていることがとても興味深かった。人が個人として、世界から独立したものとして存在するのではなくて、感覚や感情は体をはみ出し、つねに月や夜と混ざり合いながらあるのではないかと思う。歌を詠むひとびとはみなばらばらに生き、それぞれの感覚を持つが、世界に生きるという点で、同一なんだ。
平安京からもしも海が見えていたら、百人一首もまた違うものになっていたのかもしれないと、最近よく思います。

れから気づく。そこに何がいるか、どれがどれかなんて、本当にどうだっていいことなんだ。私は、私の足元と地続きになっている海という場所、その底にある景色を、見にきているだけなんだ。

遠のいていく、近づいてくる、魚たちの顔を見ていると、私は「彼らにも私のことなどどうだっていいのだろう」と思うことができる。私が海の底を想像できないように、彼らもまた、地上がどうなっているのか想像はできない。ビルが建っているとか、文明とか、想像ができなくて、もしかしたらサファリパークみたいな景色を思い描いているのかもしれない。もしかしたらこの星はすべて海だと思っているのかもしれない。だから、私は水族館が好きだ。魚は、私のことなんてまったく見えていないだろう、見えたとしてもそれがなんなのかきっと理解できないだろう。そして私は私で、彼らを日常の中、忘れてしまう。そのどちらもしょうがないことなんだ。星は巨大で、世界は広く、生命は多すぎる。すべてを理解することはできないと思い直した後、外へ出ると白い光がまぶしくて心地いい。

ぬいぐるみ

やわらかいもの、抱きしめて、顔をすり寄せて、いくらでも強くこすってよく、いくらでも強く抱きしめてよく、そのまま眠ってもいいもの、そんなものはこの世にぬいぐるみしかありません。クッションとか、布団とか、そういうものもあるけれど、でも、抱きしめるという行為には、カードの表と裏のように「抱きしめ返される」ということも必要で、ぬいぐるみにはそれがある。どれほど強く抱きしめても、じっとそこにいてくれる、やわらかく体を変形させて、その力を逃がしてくれる、という、そのことが、ぬいぐるみにとっての「抱きしめ返しかた」だと思う。

思い入れなど他人には理解できないものがほとんどであり、どれほど愛おしいものでも、その愛おしさは誰とも共有などできない。そしてだからこそ、自分自身しかその愛情を育てることは、決してできない。何年も一緒にいるぬいぐるみは、大切にしていても、いや大切にしているからこそ、何度も抱きしめ一緒に眠り、そうしてボロボロになっていく。愛されているぬいぐるみほど、はたから見るとかわいくはなく、むしろ汚れて不恰好だったりするのだけれど、それでも持ち主にはなによりもかわいく見えるのだというそのことに、その人が生きてきた日々が、その人の感情がたった一つであるということが、垣間

大量生産だろうが、ぬいぐるみはすべて顔が違うし、お店でどの子にしようかとまず慎重に選ぶことは、ぬいぐるみを買う上ではとても大切です。といっても、出会ったその瞬間に、100%愛せるわけではなく、家に連れて帰って、ちょっとだけ新鮮さを感じながら、だんだん距離を縮めていく必要がある。一回洗濯をしてみるというのもおすすめです。自分の部屋の匂いになるし、それからちょっとグッタリする。誰が見てもかわいい姿だと、どうしてもお客さんって感じがしてしまうのは私だけでしょうか。

見られる気がしている。

私には大切なぬいぐるみというのが常に一匹はそばにいて、代替わりはしていったものの、どれも今にも破れてしまいそうになるまで一緒にいた。抱きしめたい、と思うのは、別にそのぬいぐるみが愛しいからとか、一人ぼっちで寂しいからとか、そういうことではなく、もっと「息を吸いたい」とか「だだっ広いところで寝転がりたい」とか「海で叫びたい」とか、そういう根源的な欲求であるように思う。生きていればそうなる、というだけのような、そんな当たり前の気持ちのように思っていた。だから理由などないまま「抱きしめたい」という感情を受け止めてくれるぬいぐるみが私にとっては特別だった。

誰になんと言われようが、私にはこの子がかわいく見える、ということを自然と信じられるのがしあわせだった。過去にかわいがっていたぬいぐるみたちは、今の私には当時ほどきらめいては見えないけれど、それでも、ぼろぼろであるからこそ、あのころの私がかわいがっていたのだということがわかり、うれしい。もしかしたら、「抱きしめたい」という感情は、ぬいぐるみと一緒に育っていくことで、「愛したい」という感情になっていくのかもしれないな。

運命の出会い

ぬいぐるみとの出会いは、人との出会いよりも、純度が高く、だからこそよい訓練になるのではないかと思います。幼いころの私は、ぬいぐるみに出会うとすぐ「運命の出会い」と思い込んでしまって、運命への盲信が露呈していました。ぬいぐるみというのは基本、店頭から消えるのが非常に早く、新商品もぐんぐん入ってきてしまうので、そのときに買わなくてはならなかった子というのは確かにいます。しかし運命と思って購入しても、家にいる子たちとなじめず、あまり期待された目立ち方をしなかった、ということも往々にしてあるのです。認めなければなりません。私には幼いころどうしても欲しくて２ヶ月ぐらい夢に見続けたぬいぐるみがいましたが、手にしてみるとそこまで愛情は続きませんでした。ぬいぐるみへの感情は常に一方通行です。刹那的な感情が、より「刹那」なままで現れてしまうのです。なにより、存在はどうやっても半永久的にそこにあり続ける、ぬいぐるみの目がこちらを見つめ続けるのです。運命を運命としなかったのは誰なのか。しかしそもそもそれを運命と呼んだことこそが間違いなのではないか。そうして私の運命への盲信は、早い段階で終わりを迎えたのです。

クロード・モネ

テレビやiPhoneを見ていると、ふと、その画面の枠が気になることが増えてきた。四角い枠が、私とその内側を区切っている。それが外れることは決してなく、私はこの内側に行くことができないのだと、言い渡されている気がする。そして、それは絵にだって当てはまるはず。そう気付いたとき、思い出したのはモネのことだった。

昔からモネが好きで、しかしモネが好きっていう言い方もなかなか雑だな、といつも表明してから思う。時期によって作品も違ってくるというのに、どうしても「モネが好き」とひとまとめにして言ってしまう。特別に一枚好きな絵があるというわけでもなかった。むしろ、絵それぞれを区別して見ている自信もなかった。ただ、モネがきっと見ていたであろう世界そのものが好きだった。その世界を見つめている、彼の瞳に憧れていた。景色は、いつも光が物質と混ざり合って、できている。光なしで私たちがなにかを見ることなんて決してできなくて、美しさとは光によって作られているのだ、ということ。そのまぶしさに目を細め、まばたきを混ぜながらでしか景色を見つめることはできないのだというそのことを、モネの絵は思い出させてくれる。美しさ、というものがまぶしいものであるというこ

画家。とにかくまぶしくて、美しい、というのが私の昔からの印象で、実際に作品を見直すと、思っていたよりまぶしくない、といつも思う。情景が降りてくるというより、「見る」が降りてくるかんじ。絵を見たあとは、瞳の中に光があふれているらしく、外に出たあとで、さっき見たモネの絵は本当にまぶしかった、美しかった、と思い直す。光の中に飛び込んでいくような、そんな涼しさが体に残る。

絵画

地中美術館にはモネの描いた花畑を再現した道がある。そこを歩く間、現実よりずっと絵の中にある花がきれいだと思った。けれど正確に言えば「あの絵を見たそのとき、モネはきっとこんな花畑を見たんだろうと想像していた花畑の方が、きれいだった」ということであって、そんな花畑はもしかしたらモネの前にだってなかったのかもしれない。実は、私の頭の中にしかない風景であるのかもしれない。絵画を見つめることの価値は、そこにこそあると思います。私は私の内側に、私にも画家にも、見つけられない、この世にはない景色を見つけるんだ。

とを、誰よりも知っているのがモネの瞳だ。私はそう信じていたし、だからこそモネの絵が好きだった。モネの視界そのものが、好きなのだろう。だから絵が四角であることを「どうして」と思ったことも「狭い」と思ったことも、そういえばなかったな。私は最初から四角い枠を、見てはいなかった。

　四角は一見、別世界の覗き穴、もしくは窓みたいにそこにあって、たとえば美術館の入り口から、それらが並んでいるのを眺めたとき、どうしても、そこから別世界を覗くのだ、それが鑑賞なのだと思い込んでしまう。枠があってこそ、その絵があり、「別世界」があるのだという感覚。けれど実際のところ、枠は媒介するものでしかない。別世界を、別世界の内側から、見つめている誰かの瞳を、視界を、借りるための媒体でしかない。いくつもの絵を見ていくうちに、私はどの絵が好きだとか、そういう意識を失って、枠があることすら忘れてしまって、モネという人の瞳そのものに、心を奪われていた。絵を愛すれば愛するほど、「絵」という輪郭が必要でなくなる。瞳が次第に、遠くの画家の瞳とつながっていく。

石

生きる、ということがとても尊い気がして、変わっていくこと、成長すること、老いていくこと、枯れていくこと、すべてが尊い気がして、そればかりを追いかける。本当は、この宇宙には138億年の時間が流れていて、地球は46億年ここにある、そのことを思うと、私は「生きる」ということを、ちゃんと理解できていないような気がしてくるんだ。もしもここに、1億年の寿命をもち、私たちよりゆっくりと変わっていくものが、あったとしたら、私はそれらを「不変のもの」として見てしまうのではないだろうか。

石とかどうでもいい、と思っていた。宝石はきれいだけれど、高いし、地球上にそんな美しいものがあるというそれだけで十分な気がしていた。ちいさなころ、私は、川の上流近くにあった大きな石に、頬をくっつけてみたことがある。木の幹のような空気の流れる音も、ビルのような空調の振動音もしないことが不思議だった。石は、生きていないんだなあ、なんてことを思った。何百年先も、このままここにあって、そうして消えていくのだろうなあ。自分とはだから関係がないものだ、そう捉えていたんだ。石を好きになっても、きっと、片思いだ。

それが、どうしてこんなことになったのか。昔、デパー

美しい石も恐ろしいですが、古くもなく、貴重でもない石のほうが、なにか恐ろしさを感じます。天然石や宝石といった、商品として並ぶ石には、名前がありますし、顔があると思いますが、たとえば店の前に敷き詰められた石だとか、植木鉢に最初に並べる大ぶりの石だとか、あれらには顔のなさを感じて、ときどき触れることを躊躇します。人ぐらい閉じ込めてしまえそうですね。

宝石

いわゆる息がつまるような宝石は持っていないのですが、宝石に対する「所有」という感覚はとても面白いと思います。美術品などと同じで、それそのものを自分のものにするというよりは、ある一定の時期の所有権を買う、という感じが強いですよね。なぜなら自分が死ねばその宝石は別の誰かのものになるのだ。家や車や本は、消耗するものであり、買った人間のものであるという感が強い。しかし絵や宝石は、事故を除けば、「現状維持」が徹底される。それは所有者がそれを望むから、というのもあるけれど、「世界から借りているものであるから」責任があるのではないか。誰かから誰かへとわたっていくその途中に自分がいると意識することのできるものってそんなにはない。私はそういう意味で宝石が面白いとは思っていて、でもそういう意味でめっちゃ嫌だとも思っているのです。

トの物産展で見つけたメノウと呼ばれる石のスライスが、そのはじまりだったと思う。表面は灰色の石であるのに、その断面には水面の波紋のような模様がある。すべてがぐにゃぐにゃと歪んでいて、それが、なんだか生々しかった。つい最近まで液体であったかのような顔をしている。石のくせに、きみは、うごめいていたのですか。これはいったいなんなのですか。木の年輪と、何が違うというの、変容し、形を変え、そうして時間の中を進んできたこの石は、なんなのだろう?

私が、5秒に1回、息を吐く、それと同じ世界で、石は1000年に1回、息をしているとは言えないか。永遠、なんてどこにもないのかもしれない。変わらないこと、滅んでいかないこと、それが、永遠だと思っていたけれど。そんなものはどこにもない。そうして「生きる」ということが無条件に尊く思えていたあのころ、私は儚さに怯えていたのかもしれません、生きることの真逆にあるのは「永遠」ではないみたいだ。だとしたら私は、もっと当たり前のこととして、生きていけるかもしれないね。どうやっても時間は、進んでいってしまうのだから。

よつばと!

恋愛より楽しいものがあるとしたらそれは生活そのものでしょう、とも思っている。『よつばと!』を読んでいて、子供って無邪気、だとか自分もこんな時があったなあとか思うことはほとんどなくて、ただひたすら生活って最高に楽しい、なんてことを考える。電車や車に乗って遠出することなんてほとんどない。とーちゃんやご近所さんや知っている人たちと毎日を過ごして、刺激なんてないはずなのに、全ページで、今日は刺激いっぱいだ！　と伝えてくる。私も同じような街にきっと暮らしていて、そして同じような生活をしているはずだ。カメラで写真を撮ってみたり、うどん屋さんがうどんを作るところを見てみたり。そういう時間は私にも流れているはずで、それらがとっても楽しいんだとよつばは教えてくれている。

毎日が新鮮だと思えなくなったから、こんなにも日々がつまらないんだろうか。iPhoneを見ていると、ふと、急になにもかもがおもしろくなかったような気がする。楽しいことがある気がして、そしてその予感だけでずっとずっとiPhoneを触って、知りたいことを知って、ゲームをやって、ニュースを見て、それでもずっと予感は予感のまま、実感にはならずに消えていく。楽しいつもりでいても、それはただ「いつか楽しくなるはずだ」という気持ちで退屈をごまかしていただけなのかもしれ

５歳の女の子、よつばの日々を描いた漫画。登場する大人が、子供に優しい人もいれば距離をうまく取れない人もいて、子供と仲良くできずひたすら警戒される私としても、嘘がなくて理想がなくて、胸が痛くならないのがいい。それでいて理不尽なことは起きないし。

やはり『よつばと！』はオチのない漫画として有名なのでしょうか。わたしはオチという概念がとても苦手であります。それは関西に生まれたからこその「オチは？」「それはおもろいと思って言うたんやんな？」みたいな空気に恐怖を覚えてきたからです。（『あずまんが大王』の大阪は好きです。）物語におけるオチはまた違うとは思いますが、結局受け手がスッキリすることを最優先にしているという点では同じでしょうか。人生にはオチはありません。死んで終わりではないし、死ぬまでに200回ぐらい終わってる人もいると思います。オチがないということこそが、他者に受け取らせない強さでもあります。まあだからってオチのない作品の方が素晴らしいなんていうつもりはありませんが。オチがないからよいというのではなく、オチがないなら人生があればよいのだと思います。

オチ

ない。国だって他人だって、空だって近所のレストランの味だって、私の好きにはできないけれど、でもたったひとつ好きに変えることができる生活を、そんなふうにつぶしていくのはとてももったいないないと思った。

生きるっていうことに慣れすぎて、ルーティンワークみたいに起きては寝ている毎日は、輪郭が曖昧になる、今日なのか明日なのか、知らないままで生きている、それを、非難することはできない、そうじゃないと超えられない時間がある、明日が自動で来るだなんて思えない日だってある。生きるために、生きることに慣れる中で、生きる喜びにあふれた『よつばと！』に向けるのは、ほんとは憧れでもなんでもなく、私だってほんとはそうなんだよ、という同意ばかりだ。だから、こんなに生きようとしている。うどんができるところ、カメラを構える瞬間、どんな気持ちか私にはわかるから、だから。全部が全部、予感が実感に変わるといつの間にか思い込んで、虚しさで覆ってしまった毎日をひっくり返す、そこで散らばったのはとっくに持っていたもので、でも、新しい何かを見つけたみたいだった。『よつばと！』という漫画。リセットするふりをして、本当はこれまでの人生を、一つ残らずアップデートしてくれる。

UFOキャッチャー

欲しいものを欲しいと思って、手に入れようと必死になる間、その時間が本当に、本当に楽しくない。なんでそんなことをしなくちゃいけないのだろう。幸せがずっと果ての未来にある分、そこまでの道のりはずっとむなしくて。それならもう、欲しいとかどうだっていいのではないか。欲しいもの、いつかは手に入るのか、それすらわからないのにただ追い続けるなんて、あまりにもたくさんの体力が必要で、私には正直それが耐えられない。

欲しいというのは「憧れ」みたいな、ひたむきにプラスに向かう感情だったはずなのに、なかなか手に入らない、どうやっても手に入れられそうにないそのとき、「憧れ」はいつのまにか「飢え」に変わって、未来がプラスなのではなく、今がただマイナスであるような、欲しい欲しいと願う自分の、その現状が惨めなような気がしてしまう。万が一、欲しいものを手に入れることができても、そのころにはマイナスがゼロになっただけに思えてしまうのではないかなあ。嬉しさよりただの安心がまさってしまうんじゃないかなあ。それじゃあ欲しいものを求めるより、欲しくないけど手が届きそうなものを目指す方が幸せかもしれません、などと、概念を整理しただ

上から下に摑みに行くタイプのUFOキャッチャーが主流ですが、昔は手前から奥へ摑みに行くタイプが個人的に取りやすくて好きでした。あと、私が子どものころはたれぱんだがブームでして、たれぱんだは首元がくびれていて、そこにアームを入れると取りやすい神キャラクターだったのですよね。たれぱんだ、元々好きだったのもあって、一時期はたれぱんだの狩人と化していました。懐かしい！

けの結論をあげてみたって、それで納得するはずもない欲望が、必ず渦巻くんだ、全部全部わかっている。

　ＵＦＯキャッチャーが好きだ。昔は、遊園地に友達と行くと、ひとりお小遣いを園内のゲームセンターで使い果たす子どもだった。本気で欲しいものは、ゲームなんてまどろっこしいことで手に入れようとはしないけれど、でも、それがよかったのかもしれないな、ゲームだっていうのも、よかったのかもしれない。失敗すればもちろん悔しいけれど、悔しさは負けたっていうそのことへの悔しさで、楽しんだから、楽しんじゃったわけだから、手に入れられない自分を惨めだとか、そんな風には思わなかった。なにより、ゲームで運よく手に入れたものは、どれもちゃんと大切だったし、そのことが私にとって重要だった。そこまで欲しいものではなかったはずだけど、ちょっとは欲しいものだったはずで、その狙いを定めた瞬間の、ちいさなちいさな憧れが、そのまま損なわれずに、手のひらに落ちてきて、今もきらきらしているよう。だからかな。たぶん、だから欲しいって感情は、喜びや楽しさの入り口なんだって、まだ思うことができている。

たれぱんだ

　ここで重要なのは私はたれぱんだを今でもとても愛しており、ブームなど来なくても良かったから、５０年後も愛される定番キャラクターになってほしかったと思っているということです。たれぱんだが発売した当時、たれぱんだのぬいぐるみはタオルのような生地でできていました。おしりのあたりにビーズが入っていて、ちょっとした重たさがあります。このぬいぐるみの要素、完璧でございます。お尻に重たさがあると、抱っこしたときの手応えが違うんですね。そしてタオル地は、「撫で心地がよい」というような、あくまで愛でるためにあるマシュマロ触感の生地とはまったく違っております（最近のぬいぐるみはこれが多い）。タオル地というのは、その使い勝手の良さ、顔を埋める時に愛でているのではなく、愛でられていると錯覚する感触において他に追随を許しません。そしてぬいぐるみはこの錯覚こそが真実であり、愛でることだけに特化したぬいぐるみなんて、目指さなくていいんだよ！って強く思うよ。乱暴に扱われることで、愛らしさがむしろ増すのもタオル地の強さ。私はこの点について、もう１５年ぐらい考えていて、2019にたれぱんだが２０周年を迎えることもあり、頼むからタオル地を復刻してくれ〜！と願っていたのですが叶いませんでした。よし、わかった、2029年に頼むぞ！という気持ちです。もちろん2024年でもいいです。よろしくsan-x。

紫陽花

紫陽花をきれいと思ったことはない。かわいい、というのも違うと思う。ただ、見かけると、はじめて「あ、紫陽花だ」と意識して花を見つめた当時のことを思い出す。そのころの雨のにおいを、思い出していた。私の瞳が・気に幼さをとりもどして、雨そのものも珍しく見える。どこを雨がたたいて、こんな音が鳴るのかわからない。お米を床にばらまいてしまったときみたいな、軽くて乱雑な音がいつまでも続いて、そして、そのなかで紫と青色のくれよんをぽんぽんぽんと打ち付けていったような、そんな花が咲いていた。あの花、知っている、紫陽花っていうやつだ。ひらめいたみたいに、当時の私は立ち上がって窓辺へ走った。自分が知っているものが、世界にあるということが、どうしてか衝撃だったんだ。

　なにも知らないのが当たり前の時期だった。幼くて、知らないことを恥だと思うこともなかったし、自分が目の前にある「それ」を知っている、と気づくのは、まったく知らないものを見たときよりずっとずっと衝撃だった。多分それより前に紫陽花を私は見ていて、「紫陽花だよ」と誰かに教えてもらったのだろう。それが蓄積されて私の中で知識となって眠っていた。ぽんと、そのひ

結局あの密集した四角い花は、葉っぱなんですか？花びらなんですか？調べたらやはり花びらではないらしい。かといって葉っぱというわけでもなく、萼《がく》という花の一部らしい。本来は花全体を支えるために花びらの外側にある小さな葉のようなものらしいのだけれど、紫陽花の場合はそれが一番目立っている。だからどこか儚さがないというか、じっと待つような気配が紫陽花には漂っているのかな。

きだしが飛び出したようだ。「あれは紫陽花」と気づいたそのときの感触が瞳の奥にずっと残っている。はじめて、紫陽花を見た日のことなんて、ちっとも覚えていないというのに。

なにも知らない間、私は世界を、「私の外側」として捉えていた。私は私のことだけを知っていて、その外側にあるものをなにも知らない。私だけが世界の異物で、それなのに突然「知っているもの」に出会って、私の中にあるものと、外にあるものがイコールで結びつく。私も、ちゃんと世界の一部分なのだ、そう教えてもらえた気がした。

今でも紫陽花を見て、梅雨だなあ、とか、6月だなあとか、そんなことはまったく思えないでいる。きっと当時の私の中に季節がなかったから。ただ毎年、季節でも時間でもなく、当時の雨音を思い出す。私の中にも、ちゃんと、世界があります。あの日からつながってくれた世界のことを、たどるように、思い返している。

粒子と波

「あじさいは、世界を少しだけ点描にするから好き」と昔書いたことがあります。これは嘘科学ですけれど、光には粒子と波の特性があるから、すべてが点によって描かれる絵というのは、世界のある研ぎ澄まされた一面であるように思う。これは、嘘科学ですけれど。

あじさいにはつながらなさがある、小さな花（実際は花ではないが）が密集しているがどうも群れているようには見えず、たとえばタワーマンションの窓の群れだとか、夜のタクシーの「空車」が並ぶところとか。そういう関係がないのに同一のものたちが、並ぶ様に似ています。都市にいるからこそ愛おしいのか現代人だからこそ愛おしいのか。つながり波のように生きる私たちが粒子であること。光みたいですね。これは、嘘科学ですけれど。

古畑任三郎

「そういうの、きみのキャラじゃないじゃん」と言われる。キャラって何、と思ってしまう。キャラクター、それから性格という言葉。そんなもので人を、簡単に語れるんだろうか？冷静とか、穏やかとか、そんな、一言で。優しい人だと言われた人は、本当に24時間優しいのかな。優しい人だね、って言われたら、私ならきっと、プレッシャーを感じるけれど。今この瞬間、偶然にも優しくできちゃっただけですよ、と言いたくなるだろう。生きていて、毎日なにかと向き合ったり、逃げたりして、そうしてそれらにいつも反応する心や頭が備わっていて、それでどうして、不変なにかがこの体を貫いていると思われてしまうのか。自分でも、自分のことなんてすべてはわからないし、振り回されて生きている。それなのにどうして一言で、私のこと、語る人がいるんだろうか？

ドラマ「古畑任三郎」が昔から好きだ。古畑の「変人」キャラが、物語を強力に動かしていくところが楽しくてたまらない。この「変人」キャラ、あまりにも濃く、疑う余地がないほどに明瞭で、むしろ「変人」という言葉では語りきれないところまで来てしまっているというのが私にとって最大の魅力なのだけれどどうだろう。「もはや古畑は、古畑っていう性格」と言ってしまいたくなる。それは、「私を一言で語

この番組に登場する奇妙なトリックがとても好きです。リアルかというと怪しい部分もありますが、この奇妙さがむしろ効いて見えるのはテレビドラマならではに思います。テレビは映画や本より没頭する感じがなく、どうしても「テレビの中の出来事だなあ」と距離を置いてみてしまう。役柄を演じているのに、役の名前ではなく、その俳優の名前を呼んでしまったり。このちょっと冷めたまなざしを、むしろ、ドラマをより面白くする方向に利用しているのが興味深いです。

らないでほしい」と思うとき、理想とするものにとても近かった。私は私。古畑は古畑。不思議だ、キャラクターという枠を消すのではなく、むしろその枠をどこまでも濃く作り込んだからこそ、古畑は「変人」という枠を飛び越えている。ドラマで古畑の行動を見るたび、その高密度の情報によって、人と語り合うよりもずっと、速く、効率的に、私は一人の人間としての「古畑」を知ることができていた。プロの仕事だと思う。キャッチーさを追い求めながら、あくまで人に響くものを作っていく。プロの、エンターテイメントだと思う。

　優しいとか冷たいとか、そういう一言で私のことが語られてしまう。それが苦しいのはきっと、もうこれ以上私について知るつもりはないと、宣告されたように感じたからだ。私たちはお互いに、理解し合うことなんてできない、何を思うかなんて予想もできない、けれど、そのわからなさがあるからこそ、語り合い、少しずつ近づこうとしているのではないですか？　エンタメのように効率的に伝え合うことはできないけれど、でも、その不器用さも私たちの一部なのだから。いくらでも、語り合おう、たった一言で済ませずに。そうしていつか古畑みたいに、名前が性格を飛び越えるような瞬間を、ともに迎えましょう。

プロ

　働くというのはとても難しいことですね。私は遊びで書いているわけではないですが、でも「書きたくない」仕事は受けないことにしています。それはたいてい、相手が期待している役割を負うことができないと明らかにわかるような仕事です。たとえば「詩でこのように見ている人の気持ちを動かしたい」と具体的に言われた場合。私にとって詩は読み手によって解釈が異なるものなので、解釈に固定のゴールが設定される依頼は断るか、別のやり方を相談するかしています。「仕事だから」「プロだから」という文脈で語られる「責任感」が、この態度にあるのかどうか、は正直人によって意見が変わってしまうでしょう。けれどほんとは、他人が自分をプロと思うかどうかなんて、自分には関係のないことに思います。古畑について「プロの仕事だ！」と書いたばかりですが、これは私の勝手な考えで、三谷さんにも田村さんにもほんとは関係のないことです。

　自分がどのような態度をとることが一番「プロ」と言えるだろうか。私は柔軟でも頑固でも構わないと思っていますが、ただ、どちらにしてもその姿勢を貫く必要があるんだろうなと考えています。柔軟な対応をしても、最後の最後で頑固になってしまうなら違うし、頑固であるのに、とても重要なところで選択を他者に委ねようとするのは違う。仕事は機械的には進みません、人の癖や性格が強く出ます。人間対人間、しかも好き嫌いが力を持たない場でもある。そこで「私はこういう人間です」と打ち出し、その、言ってしまえば「キャラクター設定」に誠実であることは、私を人間として捉え、人間対人間として仕事を進めようとする仕事相手には、社交辞令よりずっと大事な礼儀であると思っています。そのためにも、キャラクター設定はできるかぎり、素と近づける、無理をしない、嫌われても諦める、ということにしています、私はコミュニケーションレベルが1なので。

フィギュアスケート

「私は、負けたあの人の演技に感動したけどな」みたいなことを、フィギュアスケートで思うことは多い。フィギュアは、技の難易度による点数と、演技の美しさによる点数の合計で競うものだから、難しい技を成功させた人が優勝する、というものではないし、美しく滑った人が優勝する、というわけでもない。審査に納得できないことはだから必然で、技術より美しさを優先しすぎでは？　と思ったときは「でもこれスポーツでしょ？　技術で争わないとダメじゃないの？」なんて言いたくなるし、美しさより技術を優先しすぎでは？　と思ったときは「でも感動したのはあの人のだし、演技として完成していたのはあの人では？」みたいなことを言いたくなる。正直、どの立ち位置からこの競技を見たらいいのかほんとわからない。競技の形をしている以上、自分が感動した選手に、その場で一番に報われてほしい。が、審査の基準はあたりまえだけど私の主観とは別の星の生まれなんだよなあ。なかなかすっきりした気持ちで見ることのできない競技であります。

しかし、こんなことでやきもきするのはもしかしたら、応援する側だけで、彼らは他人と比べることより昨日までの自分とずっと比較し続けているのではないかと思う。勝ち負けはシステムとして存在するが、本当はそれが目的なのではなくて、勝ち負けがあることで、よりまっすぐ選手が自らを高めていくことを大会は期待しているのではないか。どんなに望んだ道であろうと、ふと自分が何をやっているのかわからなくなどの選手が好き、とかはあんまりないのですが、ヤグディンとプルシェンコの存在は私にとって大きいです。この人たちは技術とは？美しさとは？とかいう話を軽々飛び越えて、誰も知らない座標軸において殴り合いをしているような感じがし、モヤモヤなんてものはもはや飛散し笑えてくるところとか素晴らしかった。当時は減点法だったのもよかったのかもしれない。減点での採点って、ちょっと機械的な感じがして、自分の主観と棲み分けしやすいように思います。

ることはある。自分がやりたいこと、やろうとしていることをやっていても、「本当に？」と考え込んでしまう。自分自身に応答し続けるだけでは進めないことがある、身体が中心にある競技ではよりそれは多発するのではないか。世界は、自分だけではないから。身体を、自分が見ることはできないから。他者が見ることで観測される、指先の美しさ、スケーティングの美しさ、ジャンプの高さ、回転のぶれなさ。他者がいる、審判がいることで、「自分」をはみ出たところまで、自分の力で、研ぎ澄ましていける。

　スポーツとは、疑いようのない結果を、研鑽の末に手に入れることだと思っていた。けれど本当の意味で「研鑽」がなんなのか、彼らが目指すものがなんなのかを知らない。当事者でない人間は、勝ちや負けや点数でしか、結果を認識することはできないが、彼らはずっと自分自身の身体を見つめている。それはもはや自分を高める、自分に厳しくする、ということを超えて、自分以外の何かになる、ということに変わりつつあるんじゃないか。そもそも、身体とは自分のものでありながら、どこか、遠く感じるものだ。全貌も見えないし、中で何が起きているのかよく知らない。そうしたものを研ぎ澄ますとき、彼らはきっと、すべての基準を飲み込もうとするだろう。技術も、表現力も。身体に関わる要素であれば、すべてをものにすることが、スポーツであるというのだろう。それこそがこの競技の美しさだと私は思う。

ファン

スポーツの応援ってすごく難しいことだなと、フィギュアを通じて思うことがある。ファンという言葉があるから、その言葉にふさわしい「ちょうどいいあり方」があるはず、と思ってしまうのだけれど、そんなもの本当にあるのか？とときどき頭を抱えてしまう。どれだけ選手を擁護しても、選手に厳しく、公正であっても、「私はいったいどの立場からこんなことを……」とどこかで思うのだった。それはたぶん、「選手のためのファン」であろうとするから。けれどファンとは、ファンが自らの意思を持って行うことで、ファンの人生のために、「ファン」という行為はあるとも思う。（もちろん選手の迷惑になるようなことはいけないが。）選手がすばらしい演技をして、それを目撃できたら嬉しい。そういう気持ちがいつまでも、私の第一の動機であればいいなと思う。

書くこと

書くという行為は苦ではない。と、言ってしまってもなにか違う気がして、「書くって楽しい」と言い換えるがそれもやはり違う気がする。書くことを楽しいと思うのは書き続けていられるとき、そして書き終わったときであり、書き始めはたいくつでめんどうくさくて、くだらないと思う。宇宙は爆発からはじまり、今は膨張しています。きっと膨張することを宇宙は楽しいと思っていることでしょう。でも爆発は、きっと苦痛だったと思うんです。なんでやらなあかんのや、他に何がやりたいわけでもないけど、なんでやらなあかんのや、そんで、やらなあかんとしてもなんで、今なん？　というかそもそもなぜ時間が進むのだろう？　書き始めたときに時間が進み、書き終われば時間が止まる。そうなればいい。私は、「書かない時間」が本当に苦痛なんだと思う。

この連載を3年以上やって、「好きなもの」を探す日々であったのに一度も「書くこと」について書こう、とは思わなかった。書いても面白くなさそう、と無意識的に思っていたというのもあるけれど、書くことに対する「好き」は、どこか便宜上のものだ。私は書かなくてはならないから。書かない時間が毎日嫌でたまらないから。不安になる。スマホを持っていれば書き始められる気がする。そうして依存症みたいになる。じゃあ書けばいいのに。書けないわけではない、書き始めれば書くことができる。でも、どうやって始めればいいのかわからない。

1行目を書こうとするその瞬間まで、私は「書けていない」という事実

スマホで書くことがほとんどになりました。原稿を遡ることが困難になり、原稿整理が不可能となりつつあります。でもそれは、スマホもまた自分の頭ぐらいとっちらかっているということでもあり、むしろとても落ち着きます。

読む

生々しいと思う感情を本の中に見つける時、それは乾いている、決してべとべともぷるぷるもしていなくて乾いている。それはあなたがあなたの体から溢れてくるよだれや涙を染み込ませるためであり、本を読むという行為はいつだってそう。インプットとか平気で言うが、本こそがあなたをインプットし、そして本棚におさまるのだろう。とかって思いますね。本を語るとき、自分語りにしかならない、とよく思う。それは、これが原因なのだろうと思います。

を背負わなくてはならない。早くこれを下ろさなければ、と思う。そんな状態で楽しいなど思えないし、楽しいと思えないのに書く気が湧くわけもないんです。なんでそんなことをせなあかんのと普通に思う。せめて別のことをして、頭から「書く」ってことが消えていたら、この気分はましになるんちゃうかなーとか思ってしまう。今書こうとするから、生々しく「書かない」自分を感じるんだ。なんらかの間違いでうっかり書き始められたとき、そこから書き続けているとき、私はこれらの問題から本当の意味で解放される。私は書くのがめちゃくちゃに好きだ！　と強く思う。書かないなどあり得ないし、なぜすぐに書かなかったのだろう、というか書かない時間があるとかばかなのでは？　と言いたくなる。これらの感覚が、すべて未来の私をがんじがらめにするわけだけど、書くという瞬間の私は、高速の海の流れに乗って泳ぐような、解放感に満ちている。私は、これのために生きている。そう思うんだ。

時間の流れは苦痛だし、何をしてもこれは無駄なのではないかと思い始めると頭が痛くなる。時間には限りがあるということを私はちゃんとわかっていないし、だから何事にも「それでいいのか」と思ってしまう。けれど、書くときだけは、生命が燃えるスピードを超えて、自分が走っているように錯覚をするのだ。こうでなくては死に打ち勝てない。私は結局「書くこと」を好きではないのかもしれません。しかし生きる間は、書いていたいと心から願う。書く以外の方法で、生き方を私は知りません。

宇多田ヒカル

自分には好きなものが何もなく、別にそんなことはどうだってよかった。小学生のころ。私は友達ほど何かに夢中になることができなかった。ファッションやアイドルの話題にも全然興味がわかなくて、知らないものを知りたいとさえ思わなかった。なにも焦ることがなく、ときどき、このままみんなだけが小学校を卒業して私はここで花子さんみたいに立ち尽くしていたらどうしようって思っていた。それぐらい、みんなが急に慌て始めたように感じていた。自分にだけ、聞こえないサイレンが鳴っているみたいだ。あのころの私が考えていたこと。今でもいくつかは思い出せるけれど、どこか他人みたいだった。時間の流れがあまりに違う。本当に私なんだろうか？　って時々思う。悲しいことだけど、姪っ子とか、親戚の子だって思う方が自然に感じるぐらいだった。

宇多田ヒカルを聴くと、当時の私が生きていたことを思い出します。私がはじめて好きになったミュージシャン。音楽がまだ大人のものだと思っていたころ。CDなんて高級品で、はじめて買ったアルバムはずっと手袋をつけて触っていた。カラオケに行くようになり宇多田さんの歌をたくさん歌った。まだ当時、私はどうやって音楽を愛せばいいのかわからなかった、みんながやるやり方で、その音楽を追いかけるしかできなかった。テレビで宇多田さんが出ていると録画して、ヒッキーがあだ名だと知って、頑

先日、目の奥が眠くて、どんな起爆装置（音楽のこと）を使っても頭が起きてくれなかったんだけど、宇多田ヒカルを聴いたら一瞬ですべてがクリアになった。感情に火をつけるのではなくて、限りなく透明な水で洗い流されるように研ぎ澄まされていく。こういうあり方のできる人が、同時代にいることを幸せに思う。

張ってそう呼ぼうとした、ライブに行こうとぴあに電話して敗北し、CDを買って正座して聴いた。どれも、大人や友達がやっていることの真似でしかなくて、なにかいつもピントが合わず、「もっと好きなのに」と漠然と思う。もっと好きなのに、うまく言えない。もっとがどういうことなのかもわからない。私は、宇多田ヒカルの音楽のどこが好きなんだろう。好きという気持ちだけがロケットに乗って、宇宙まで飛んで行ってしまったよう。私は、地上からそれを見上げている。あそこまで行けるのに、行き方が分からない。あれは、私の感情なのか、わからない、説明できない、充実しない。私は、それがすごく恥ずかしかった。

　今も、彼女の歌が好きです。そしてあのころよりは自分の好きを突き詰めることもできます。でも、当時どう見ていたのか、あのころの私が知らないなら今の私も知ることがない。ただ残るのは「見上げていた」という記憶だけでした。

　自分が抱えきれないほどの気持ちを、自分一人で信じきれていた。考えていたこと、感じていたこと、それを思い出すだけで、あのころの私が、私でないわけがないと思う。宇多田ヒカルは私にとってとても特別なアーティストです。

ポップソング

　急に聴きたくなって宇多田ヒカルの「In My Room」をかけたのだけど、「ウソもホントウも口を閉じれば同じ」って歌詞に殴られたような衝撃を受けた。7重ぐらいの意味がここにはきっと住んでいて、そうしてどれもが誰かにとっては「気づこうとしなかった真実」になり得る可能性を秘めている。ポップソングの歌詞として、お手本のような強度だと思った。

　宇多田さんの歌詞は、聞いている側が歌に共感するというより、歌の方が自分の中へと共感してくるようなところがあります。自分の感覚が言葉という枠に嵌め込まれていくんじゃなくて、言葉の方が感覚に馴染んでいくような。一つの言葉なのに、オーダーメイドのように聞き手にフィットする。シンプルさが、強さではなく、浸透力としてこちらに迫ってくるような。

劇場

ひとの生々しさみたいなもの、それ自体に価値があるとはどうしても思いたくない。必死で走る人の苦しそうな呼吸や、汗や、叫ぶように歌う人。その人が体を引きちぎるようにしてその場にいるとき、観客として、その壮絶な部分をどんな顔で眺めたらいいのかわからない。必死になる人が、目の前にいることで感じる「強烈なもの」って一体なんなのか。その人は私の前にいなくても、テレビの向こう側でもスクリーンの中でも、同じように頑張っているのに、私はいま何に、感動しているのだろう？ それは、苦しそうでない演者に対してだってそう。その人がそこにいる、ということになんらかの、鮮やかさを感じている。それはでも慎重にさぐっていかなきゃ、とても軽薄なものへ成り下がってしまう予感がしている。

演劇やバレエといった舞台作品が始まるとき、観客である私は、観客であるのにどこかハラハラとして、緊張をしている。ふと、そんなあり方って他にあるのだろうか？ と思う。テレビも漫画も映画も、見るころにはすでに完成している。私が不安に思う必要なんてなくて、緊張なんてありえない。それなのにここで

前の方の席も好きだし、後ろの方の席もいい。宝箱を開けるみたいにみえるのが、後ろからの舞台の見え方で。前は、声になる寸前の呼吸みたいなものが、きこえるというより「わかる」のがいいです。あれってなんなんだろう、自然さをそこに感じるのに、「普通に暮らしているとき、あんなにあれ、聞こえてこないよな」って帰るころ思ったりする。

演技

「演じる人」というのは奇妙な存在だ。舞台の上にいるのは別の誰かなのに、その人が演じるならと別の演目も見に行こうとする。他者に説明するなら、私は「その人」のファンだ。でも、「その人」のことを私はなにも知らない。

同一なのはその人の身体であって、演じるという行為そのものであって。それらのファンであるのだろうか？私は。「役」として、そこにあるのだから、「役」そのものがそこにはあるはずなのに。けれど、すぐれた役者ほど、役そのものもまた、「その役者がいなければ成立しないもの」として生まれ変わってしまう。設定や台詞やあり方として、役の軸が作られていても、それを存在させるのは「役者」でしかない。「肉体」というものの重さを、舞台では改めて噛み締めている。

人生において、「肉体」は実はとても軽視されているのかもしれない。気持ちのことを語るし、本能的であることは「浅はかである」とされることもある。けれど、肉体というのは、私がここにいる唯一の理由でもある。そのことを、すばらしい演技を見つめるときに思い出します。ここには研ぎ澄まされた「存在」があって、その芽は私の中にも、本当は確かにあるはずなんだ。

は、祈るみたいに座っている。劇場の椅子は心地いいし、空調の音は静かだ。始まる寸前の暗闇は、自分のいる「ここ」がどこなのかわからなくなるぐらい、そっと視界を染めてしまう。舞台にできる限り集中できるように施されたそれは、でもどこか、「自分を消す」こととは違っていて、私は私を「研ぎ澄ましている」と思うんです。自分もまた息を殺して、より気配を消そうとするけれど、それは自分のすべてを、瞳と耳へと集中していくためでもあって。そうして、そんな瞳と耳で舞台を見つめるとき、「祈り」のような時間がやってきていた。

客席だけでなく舞台裏だって、この時間は同じだろう。劇場が開演寸前、一つの生き物みたいに息を止める。はじまり、というものを私たちが作り出す。舞台にいる人、舞台で起きること、その生々しさに、私はハッとしているのではなくて、ここで起きる生々しさは、ここに居合わせたすべての人の生々しさとして降りてくる。なにを目撃してしまったのだろうと、劇場を去りながら思うとき、なにより私のおなかの中には、私自身の生々しさが、とぐろを巻いているんです。

それでも町は廻っている

物語とは定義づけの真逆にある、と思っている。「こういう人は、ああに決まっている」といった決めつけと真逆のやり方で人を眺めることができる。それが、人が物語を愛する理由なのだと思っている。

ストーリーというものが「異様なもの」だと思えてならなかった。私は詩人でもあるので、「詩を書かず小説を書く」ときに現れる「物語」はどうしても異質で、そう思ってしまうことにもなんだかうんざりしていたのだ。物語を書くことが最初から第一の選択となっている人たちにとって、「物語はなぜ求められるのか」という問いに答えることは容易だろう。「私たちも生きているから」。私は最近その答えを知った。物語を書く苦痛からやっと逃れることができたとき、私は「物語を書く人」として人生を一瞬でも生きることが、「物語」を自然なものに変えるのだと知った。それは自分のドキュメンタリーを書くとか、実在の人の話を書くとか、そういうことではなくて、人は生きていれば「物語る」のだ。それがたとえ作品とならなくても。それをそのまま言葉にまで伸ばしていけるか、これは、それだけの

日常としての懐かしさだけでなく、「すこしふしぎ」という意味でのSFや、頭の中がストトンと整理されていくようなミステリー要素もあり、しかも一話完結。新刊が出るたびに、美しい細工の施された和菓子の詰め合わせを受け取ったような喜びに満ちる。

話だった。

『それでも町は廻っている』という漫画は、確かに歩鳥という主人公がいるけれど、でもこの作品という大枠においては、彼女の暮らす町が主人公なのだろうと思う。彼女の家族、クラスメイト、バイト先、商店街の大人たち。彼らがみな、物語の一要素でも、主人公の人生の一要素でもなく、そのばらばらな「勝手気まま」な様子こそがこの作品の面白さの肝となっている。もしかしたら、生きるとか、人生とか、そういうものを感じるには、「物語」を、そして「町」を見つめることが最適であるのかもしれない。すべての人のすべての生活を知ることはできない。でもそれは人生を知ることとは実は繫がらない。なぜならその人自身だって、自分の人生を知ることはできないから。人生というものを抱えているのはその人より、その人の暮らす町。その人が描いていく物語。だとしたら。人が物語を愛する理由がわかります。『それでも町は廻っている』を私が愛する理由がわかる。

外天楼

それ町の作者、石黒正数さんの別作品『外天楼』。ストーリーの深刻さ、展開の悲しさ、そういった点からそれ町とは別の毛色の作品ではありますが、しかし一方で、それ町のすばらしさが別の形で結晶化した作品とも強く思う。石黒さんの作品には、読者の「読むことの楽しさ」への徹底した応答と、そうして信頼があると思う。読者とは決して、受け身なだけではない。読むことはいつだってその世界にたった一人で関わっていくことなのだ。だから作品に対する厳しさ、辛辣さを持つのだって、その作品を心から楽しみにしている人だということを、石黒さんはすごくよく知っているように思う。その厳しさを、石黒さんの作品はむしろ、心から信頼している。そういう目があるからこそ、より物語を隅々まで作り込み、何度読んでも発見があるような、読み終わった瞬間すべてが新たに接続するような興奮を用意している。この手つきが本当に、本当に、作品を作る人間として興奮するし尊敬している。『外天楼』はそうした姿勢がよりわかりやすく表れている作品です。ほんと、永遠に石黒さんの新作を読んでいたいです……。

宇宙

本当のことすら想像力を使わなくては知ることができないというのが宇宙の魅力でもあり、宇宙の気持ち悪さでもあり、そして想像力をフルに活用してもすべてを知ることはできないというのが、宇宙のすがすがしいところだと思っている。

生まれて初めて見た宇宙図鑑は、他の図鑑に比べると明らかに写真が少なく、木星やら土星やらを説明するメインの図すら絵で、そのことに私は衝撃を受けた。絵は本物そっくりのCGですらなく、むしろ油絵寄りの、あきらかに「絵だ」とわかるもので、私はその図をそのまま「現実」として受け止めることができず、知識として理解するために、その絵を参考にリアルな木星や土星を頭の中で想像する必要があった。土星の輪。岩が集まってひとつの輪を形成しているという、その姿を想像してみる。木星の縞模様。ガスが模様を作るその姿を想像してみる。もちろん天体望遠鏡を覗けば、木星や土星の輪っかが見えるけれど、でもそれはやっぱり遠くのものを「確認」することでしかなく、もはや姿形というより気配だけを見ているような気がする。どんなに情報が入ってきても、それを現実として受け止めるには想像力が必要だった。そうやってしか把握できない現実というのは、果てしなく遠いものでもあるけれど、一方で、どうしようもなく湧く愛着がそこにはあった。公園よりコンビニより、宇宙に親しみを感じてしまう。

現実社会は目の前にある。正解として、真実として、横たわっている。

宇宙の大規模構造論というものが私はとても好きで、宇宙は実は泡のような形をしていて、その泡の膜の部分にだけ星が密集しており、なにもない空間を囲っているらしい。太陽系のようなものが密集したのが銀河系で、銀河系みたいなのが密集したのが銀河団やら銀河群で、銀河群とかが集まってできたのが超銀河団であり、その銀河団が密集してできているのが、大規模構造論のいう「泡の膜」らしいのだけれど、この広大さ！想像力が息切れしている。最高としか言えない。

宇宙飛行士

宇宙が好きというと宇宙飛行士が夢なのかな、と言われることが多くて、10代の頃は参っていた。宇宙飛行士は面白い仕事だと思うけれど、私は宇宙にすでにいるから、特に「行きたい」という思いはなかった。図鑑を読んでいる時に思ったのは「どうして?」「なぜ?」という問いかけで分かることなんて本当に一部で、例えば泡構造理論なんて、自分の疑問だけじゃ辿り着けない仮説だった。知ることでしか先に進めないし、解明しなければ、次の謎さえ見えてこない。このあり方が非常におもしろいと思っていた。想像力や子供の視点というものが、幼い頃からずっと「よいもの」とされているのを感じていて、ちょーキモい、と思っていた。そんなものはない、頭のほとんどは、爆発でもワンダーでもなく、ただ「考えている」。考えて、考えて、それが一番遠いところまで行けるって教えてくれるのが唯一、科学だった。でもなぜこんな子が詩人になったんでしょうね。

でも、そのすべてを自分一人で把握することは、どうしたってできないでいる。自分の瞳でしか世界を見ることができないのに、見えている世界は、世界のほんの一部だった。体のすぐ外側に広がっているもののはずなのに、正解が目の前にあるはずなのに、私はそのすべてを知ることすらできない。そのことに、ふとしたとき傷ついてしまう。当たり前のことだと、受け止めているはずなのに。

もちろん、宇宙にも正解はある。でもあまりにも遠すぎて、広すぎて、想像と現実がパラレルワールドのように、交差することなく存在している。私は、私が想像した土星の輪を、現実の輪と見比べて「思ってたんとぜんぜん違う!」と思い知ることなどないまま死ぬのだ。想像が、現実に打ちのめされることがない。現実に、高密度な情報が隠れていることはわかるのに。

たくさんの人とこの世界を共有し、ほとんどが私のものになんてならず、挙句、自分では生きている世界のほんの一部しか見ることができないという、そんな虚しさに襲われたとき、私は宇宙に憧れる。どこまでも想像ができる、どこまでも知ろうとし続けられる。私がいるからこそ、宇宙があるような錯覚と、私なんてどこにもいないような錯覚が、同時にあって、すべての虚しさがまるでリセットされていくようだ。だから私は、宇宙を、ずっと追いかけていくのだと思う。

町田康

言語はつねに断片的だ。海と空がある風景を描くときも、同時にその二つは存在しているのに、「海と空」と片方ずつ、描くことしかできない。「」で区切った台詞だけでは誰が言ったのかわからない。だからそのことを描写しなくてはならない。なぜ、と思う。思ってしまう。声ならすぐにわかるのに。言葉は世界を切り取ることしかできない。でも、世界まるごとを描こうとする。わざわざバラバラにしたピースを、つなぎ直すようなことだと思う。わずらわしい。想像させる、というのは簡単だが、でも想像とは言葉では「書けない」ことを埋めるためにあるのではない。ここにある問題は、描かれる「世界」そのものが言葉を持たないことにあるのだろう。

世界が描かれる限り、その世界に住まう人たちの言葉だけでは不十分で、世界そのものが言語を持つ必要がある。そして、そのとき言葉というのは、「物語る」ことを必然と受け入れるはずなんだ。私たち人間が言葉を用いるとき、それは「伝える」「しらせる」「叫ぶ」「呟く」といつも断片的で、自分の内面を切り抜く作業と直結している。その裏で、無数の言葉にはならない時間がある。心臓が少し痛むとき。雨に慣れ、雨音を聞き流すとき。だからこそ言葉は「物語る」必要性を感じていない。すべてを言葉にする理由があるなら教えてください、物語を書くとき、まず言葉はそう尋ねる。どうして、断片的ではダメなのか？　そこに答えられないとき、言葉は、物語のための「ツール」へとその身を落としてしまうのだろう。

言葉が、物語ることの必然を感じている。そう強く思うのは、町田康さんの

町田さんの作品は、数行読んだだけで面白すぎるとなってしまうし、「この先の話も面白すぎるに違いない」と確信を持ててしまう。文体としての面白さと物語としての面白さと、それから言葉そのものの音としての心地よさ（踊りのような感じ）が、個々で存在するのではなく、どれも繋がり、影響し合っているからだ。言葉、そして文体が連れて行ってくれるところがある。用意された物語というよりは、そうやってたどり着いた先に展開があり出来事があり人物がある、というその快感で、私は「世界が語る」ことを実感する。人間は口調にその人生や価値観を宿らせます。言葉のリズム感なんかも、やっぱり性格やこれまで培ってきたものが現れてしまいます。だから、「世界」が語る言葉にも、その描かれる「世界」の性質が、あり方が、未来が、備わってしまうはずで。こうして語られた世界を読むとき、言葉によって世界を知る↖

↘ことの、その途方もなさに感動をする。自分や現実を切り抜くための言葉ではない言葉。読後、私はいつも、自らの生きる世界ですらすべて言葉を持っていると錯覚してしまう。そして私は小説を書きたくなる。物語に対する違和感が、確かに払拭されていく。自分の「生きる」と物語が接続されていく。町田さんのおかげで、小説を書くということにすこしだけ触れた気がするのです。

個人的に好きなのは『湖畔の愛』。言葉を愛する人間はまず最初の「湖畔」にたまらなくなり、たまらなさはとどまることを知らず最後まで続く。美しさ、喜び、愛、への素朴でストレートでそのために、見たことのないやり方での近接の仕方もたまらず、隅から隅まで町田康作品。人間であるから生み出せる作品であり、その「生み出せる」という事実に何よりも人として痺れる。神が作る小説がどんなものなのか、人工知能が作る小説がどんなものかは知らない。しかし物語は人間のものだ。そう、確信できてしまう。

町田康

小説を読むとき。町田さんの作品のなかでは、言葉は常に、「世界を語る」ために運動をしている。一人称も三人称も会話文ももちろんあるが、しかし言葉全体が、世界につながり支えている。町田さんの作品を読むと、言葉の最もありのままの姿は「物語」であり、また、物語のありのままの姿も「言葉」なのだと思わされる。我々は言葉を使うが、物語における言葉とそれは全く異なっている。小説やエッセイを読むことで、世界を言葉が記述できるのは当然のことだとどこかで思っているが、でもそれはとても異質なことだ。私たちは自分の人生、生活、そして一瞬ですらも、言葉ですべて言い表すことはできない。すべてを、意識することはできないから。その「すべてではない」ということが、同時に無数の人の中で起き、そしてそれらは世界に関わり続けている。物語はそれらを無視できない、無数の人々の言葉を借りてきてもそれだけでは決して足りない。世界そのものに、言葉を与えなければならない。

さて私たちはけれど言葉を持たない部分を携えながらも、一人の人間として生きている。世界に言葉を与える、という行為は途方もない事に見えて、実は「生きる」という行為に直結しているのではないかと思うのだ。他人の気持ちなどわからないことだらけだ、自分のこともわからない。でも、世界を持つ。私から見える世界を、私は確実に持っている。物語は神の所業ではなくて、どこまでも、人が人であることによって成立するものなのだ。それを証明する作家が、私にとって町田さんなのです。

sacai

昔は試着室がひどくこわかった。試着して外に出ると、店員さんが「かわいい」だのなんだの言ってくれて、その言葉をどういう顔をして受け止めたらいいのかわからなかった。似合うだとか、色はこちらの方が合うとか、そういう話ならわかる。わかるけれど「かわいい」ってなんだ、私ではなく洋服に言っているのはわかる、でも人体に投げかけるべき言葉なのかと本気で思った。

ほぼ無敵だった小さなころは「かわいい」なんて言われる機会は多々あったし、その言葉に違和感なんて抱いたことがない。でも年を経るたびにキャラクターやらピンク色やらフィクションやらに「かわいい」と言うようになって、いつのまにか「かわいい」は非現実なものに投げかける言葉になっていた。リアルとかけ離れたファンタジーだからこそ愛おしい、なんて「かわいい」ものに思い始めて私はいつの間にかその対象から自分や日常を外していた。

どの洋服を選ぶのか、というその選択には必ず「第三者」の目に対する意識があるはずだ、と言う人はとても多い。私も心底服を好きになる前はたぶん少しそう思っていた。他人にバカにされないようにしたい、と願うことこそが自分をバカにする行為だとは気づかず、どこまでも自分

sacaiのデザインの思い切りのよさが好きです。ひらめきそのものが、美しさとしてあるような。ひらめく瞬間、人の目は光るのでは、とか思うんですが、こういうデザインを見たとき、視覚に訴えるジャンルの「ひらめき」は、見るだけで作り手に共鳴する錯覚があって、非常に変で本能的で、おもしろい！って思います。

「かわいい」と思う心臓は昔からこの体に宿っていたとわかるのに、「大人っぽい」とか「凛としている」とかの感覚は、後付けされたものであるとどうしても思ってしまう。小さい頃「わあ〜凛としてる！」とかお花見て思ったことないよ。誰がくれた感性なんだろう、こういうこともあって、「かわいい」が今でも直感的に出てくる言葉なのかなと思っている。逆に、「きれい」は昔は手の届かないものに、つける言葉だった。大人の人に教えてあげるときに使う言葉だった。「ゆうやけきれいだよ」とか、「うみきれいだったね」とか。「きれい」が大人は好きだと思っていた、誰かが好きなものを教えてあげることが、私はとても好きで、そのうち、「きれい」がとても嬉しいものだと思うようになった。

きれい

をないがしろにした。大人になると、似合う服を見つけるのが得意になる。それは悪いことではない。でも、「好き」だと思える服が「かわいいから」という理由だけで選ばれたわけじゃないのはあきらかで、私は私のために「好き」をチューニングしてしまったんじゃないかとどこかで不安にもなっていた。

でも、今はsacaiが好きだ。チューニングなんて飛び越えて、「かわいくて好き」だと、すぐに断言ができている。sacaiのかわいさには、ファンタジーなんかにはさせない、と言いたげな強度がある。洋服がリアルなものであること、肉体に隣接するものであることを決して忘れようとしない。sacaiをかわいいと思うとき、それがファンタジーだとか、「私のものではない」とか、言えなくなる。着てみないとはじまらないかわいさだって、わかるから。私が選ぶだけで完成するかわいさなんだ。

だから、私は私の町や、私の時間にこの洋服たちが登場することを信じられた。私が、「かわいい」と思えただけで。コートを買って、冬を楽しみにしているあいだ、乾燥した空気の中でただ鋭い日光みたいなsacaiの洋服が、私のやっぱり平凡でしかない日々に射し込むのを想像している。

新幹線

新幹線に乗っていると自分がどこにいるのかわからなくなるのです。遠い目をして外を見て、ただぼーっと時間が経つのを待っていると、神様とかってこんな気持ちなのかなあと思うことがある。火の鳥未来編の主人公とか。新幹線の線路は高いところに大抵あるから、街並みは下方に、そして山がよく見える。駅がないからずっと速度は上がっていくし、遠くの山がさほど動かず、近くの家はビュンビュン過ぎ去る。人の顔など確認できないし、私はいま何も考えていないなあ、多くを見ているのに何も感じていないないなあと、ふと気づくのです。これが何億年も続いたら、神様みたいになってしまうんじゃないかって。

遠くの山があんまり動かないでいると、まるで山を中心に、ぐるぐる回っている気がする。そうして私はどこかに急いでいたはずなのに、それを忘れてしまいそうになる。高速で、移動するのが好きです。停車するたび、自分がどこにいるのかを確認してしまうから、駅がさほどない新幹線はちょうどよい。自分を忘れる、自分ごともっと大きなものを忘れる。とても好きな時間です。

新幹線で原稿を書くのが好きです。高速で移動する乗り物の中にいると、まるで止まることを知らない列車という風に感じ、この時間が永遠に続くように思うのです。その中で書く原稿というのは、締め切りという苦しみから解放された自由の使者であります。

海外旅行

海外旅行が心底苦手で、そのことをときどき説明しようとするのだけど言葉が必ずつっかえる。嫌いなものや苦手なものについて「同意を求め」ずに心情を説明するのって、ほとんど不可能ではないかと、絶望的な気持ちになる。どうしてか「世の中はこれを良しとしているが」とか「みんな私に勧めてくるが」とか、自分が孤立無援であるかのような前提が、自分の言葉のすみっこにあるように思えてなりません。よくよく考えれば苦手なのだし、海外旅行のことを私は詳しく知らなくて、だから「それらを勧めてくる世の中」という妄想に、反論する形でしか言葉をひきだせないのだと思う。だから出てきた言葉が空っぽな気がして、書くことが退屈で投げ出してしまう。書くならば、苦手であると言いながらも何度も海外旅行をするべきだろう、世界中を飛び回るべきだろう、そしてそうやって好きになってしまうのかもしれないし、苦手なものや嫌いなものについて書くことはやはり極めて困難と私は思う。

世界に対して自分が漠然と感じていた不安、誰もが人生を持つこと、誰もがそれらを重ね合って、一枚の世界を織り続けているという恐怖。そういうのは部屋の窓から切り取られた世界を見ているときのほうが、強く感じる。それは自分が、進みゆくすべてから取り残されていると感じるからだろう。変わっていくすべてのもの。自分は自分の人生にだけ異様に詳しくなってしまうから、自分の時間の流れだけがとても遅く思えるし、他人を見るたび、私は未来にそんなに身軽にはいけないと思ってしまう。本当は誰もがそうであるはずなのに。新幹線から外を見るあいだは、むしろ自分の方が、何かを置き去りにしているのかもしれないと思う。それは、けれど何かを得る実感でも、何かに勝つ感覚でもなく、同じさみしさのあることなんだ。世界は雄大で、その近くにいながらも、触れることさえできない、知ることさえできない、俯瞰ができたって、全貌が見えたって、なにもかもがわからないままだ。世界と私の距離、世界と神様の距離。同じだ、だからさみしさはあって当然のものかもしれないと、ふと考えてみたりする。

ポケットモンスター

一緒に遊ぶってなんなのかよくわからない。小学生のころ、どこかでずっと思っていた。みんなと好きなものについて話すのは楽しいけれど、アイドルの話とか、アニメの話とか、しても結局私たちはその外側にいるだけで、誰がかっこいいとかかわいいとか言っておしまいで、共感するか反論するかしかなくて、必要もないのに答えを探すように会話してしまう。ドッジボールも、鬼ごっこも、ずーっと一緒にいて参加しなくちゃいけないし、私は空が見たくなったり、地面に絵を描きたくなったりするけれど、そんなのよくないことであるらしい。私はみんなが好きだけど、私はでも、私だから、みんなにはなれない。そういうときに流行ったのがポケモンだった。ポケモンGOではないですよ、金でも銀でもXでもYでもない。初代の赤と緑のポケモン。発売当時9歳で、本当にみんながこれをやっていた。

冒険したいという発想が微塵もなかった。別世界に行きたいとも思わなかった。でも虫取り網を持って駆け回るのにはなんだか憧れた。虫は怖いし、運動も苦手だけど、友達がやっていたから憧れた。一緒に同じことで楽しめたらいいよなあ。自分ができないときは、そう無邪気に夢見てしまう。ポケモンはそういう日常の遊び、誰かがやっている楽しそうな

10代後半になってから久しぶりにポケモン集めを再開したことがある。小学生のころの私は、とにかく強いチームを作ろうということしか考えられなかったらしい。ひらくとポケモンに名前も一切つけておらず、そもそもろくにポケモンを集めていなかった。このゲームってポケモンを集めるゲームじゃなかったっけ……？と若干心配になりながら10代の私は2台のゲームボーイを通信させ、自分自身とポケモンを交換することでこつこつポケモン図鑑の穴を埋めていった。どちらかといえば10代の私の方が、今の私は心配である。

レアなポケモンを気の強い子に言い負かされて、その辺にいるポケモンと交換させられたことがあり、今でもそのことを覚えている。そんなに当時はショックではなかった。伝説のポケモンとか、そういう一匹しかいないようなやつではなかったし。なにより、その子は昔からそういう不気味なことを強制してくる子で、苦手だったから。私は断ってその子にこれ以上因縁をつけられる方が嫌だと思っていた。思い返すと、当時の私は避けられない交流というものをなんとかやり過ごそうと頑張っていたんだなと思う。彼女は私をバカだと思っていたと思うし、実際バカな選択をしたのかもしれないが、私は、当時の私はとても賢かったと思っている。

交換

遊びの、その延長線上にあるゲームだった。ちょっと遠出をして歩くように洞窟に入る、珍しい虫を探すようにポケモンを探す。運動神経も何もここでは関係なくて、みんなと同じことがここではできる。でも、ずーっと一緒にいなくてもいい。ずーっと同じ選択肢を選ばなくてもいい。あくまでゲームは一人で進めるものだった。私にはそれが新鮮だったよ、そして、とても自然に思えた。みんなが自分の思うままにやっている、自分の好みで進めたものを持ち寄って、それぞれが好きに遊ぶために情報交換をし続けている。ちゃんと自分の世界が、育てているポケモンがいるから、もう話し合っても一緒にやっても、誰かに迎合なんてしなくてよかった。ゲームっていう現実よりは単純な世界だからこそ、好きに進んでも設定されたゴールは同じだからこそ、「それぞれが勝手にすればいい」「ずっと一緒にいなくてもいい」、そのことを疑わずに済んだんだ。どれほど離れても、違ったことをしていても、いつだって向き合えるのだ、私たちは。これが、一緒に遊ぶってことなら、素敵だなと思っていた。みんなではなく、私とあなたで、遊ぶことが、ここならできるね。

タモリさん

仕事で時々、芸能人の方とご一緒することがあり、そのたびに、テレビからその人が飛び出してきたような感覚になりドキドキする。「あ、生きているんだ」と目の前にしてやっと思う、その気まずさはなんなのだろう。え、じゃあ、これまで私はその人のことを、どう見ていたの？　などと考え、ぞっとする。

芸術家が作品を出すように、芸能人は「自分」の形をした作品をテレビを通して差し出している。そう信じているから、どこかでその人は、テレビ用の「自分」を作っているはずと思っている。たとえその人が意図していなくても、テレビで人間一人分の情報をすべて流すことなんて不可能だし、どうしたって編集され、作りかえられてしまうものだ。もちろんそれでテレビの人を軽んじていいとは思わないが、でも物理的に、「生きている」という実感を、彼らに抱くことは難しい。それができないからこそ、毎日何百人もの人と、テレビを通じて会っていけるのだ。この情報密度を支えているのは、人を人として見ない、軽薄な瞳であるはずだ。

こういうことを考えていると必ず、「タモリさん」を思い出す。いいともをずっと見ていると、昼であることはわかるし、何曜日であるのかもわかるけれど、でも同時に、自分が何者なのかわからなくなりそうに思っていた。生ぬるいお風呂で寛いでい

タモリ、って書けなくないですか？私はずっとタモリさん、と書いてしまう。「さん」づけしないと、それこそ、「人」のことを話している感じがしなくて不安だからかもしれません。タモリさんについて、関係者の発言を読んだり、Wikipediaで詳細なエピソードを見たりするのがちょっと怖くて、なかなかできません。

ると、急にぞくっとするような、そんな感覚が好きだったのだ。タモリさんは、芸能人の中でも、特に「コンテンツ」として見えてしまう人だ。けれど私は、その上で「タモリさん」というあり方が、少しも消費に傾いていかないことが不思議だった。芸能人を見ていると、自分がどうしても浅はかである気がして不安だったけれど、タモリさんを見ている間はそういう懸念は霧散していた。「タモリさん」って、ほんとにタモリさんが作っているのかな。むしろ私たちが勝手に「タモリさん」という像を作って、見つめているだけじゃないのかな。「タモリさん」は実はどこにもいなくて、もし会えたとしても、そこにいるのは「タモリさん」ではなく、芸名を「タモリ」としている、別の誰かさんなのかもしれない。そう思わせてくれることが安心だった。何度タモリさんを見ても、タモリさんという人をわかった気には決してならない。会えたって多分、「生きているんだ」とは思わないだろう。心の底から「はじめまして」と思うのだろう。それって不思議だけれど、もしかしたら「テレビ」ってそういうことのためにあったのかも、と思う。実在の何かをテレビサイズにパッケージするのではなく、無から、作るのだ。テレビだけの何かを。テレビのための存在を。

新宿

アルタと伊勢丹の距離感こそ、期待していた「東京」感であると思うなぁ。情報密度よ、情報としての都市よ。東京を歩くことは自分の中にある「情報としての都市」の解体であり、意外と東京には書店が多いこと、しかもものすごいど真ん中にあることに、驚いたりもした。（地方都市の方がなんだろう、追いやられていますね。よく考えれば当たり前なのかもしれないけど。）それは都市の肉感であり、そこには生活があり文化があり、情報なんかではないのだということを教えてくれる出会いでもあるのですが。アルタと伊勢丹の距離を見るとすべてが吹き飛び、東京はやっぱ東京だわ、と思う。軽薄な物言いですみません、軽薄さを自分だけのものでなく、みんなのものにできた気がして（勝手にね）、ふふって笑っちゃう新宿がぼくは好きです。

BLANKEY JET CITY

私はなんで一人なんや？　と思うときの心細さを、他人で埋めようとするのがまずおかしくて、なんで一人なんや？　って思うなら「とにかく一人なんや！」って確信できるまで突き進むしかないのだろうね。そういうことを音楽を聴いていたらよく思う。私は音楽に無視されている、聴衆だし音を出す側ではないから。無音、という紙を頭に貼られるようなものだ。それを「よっしゃ！無音やな！」って受け入れられるのが音楽の強さです。音楽のすばらしさです。救ってくれる音楽より、突き落として谷底を見せてくれる音楽に、「やりやがったな」とヘラヘラ笑いながら崖を登って言いたいな。私の好きな音楽、それは今原稿を書く上での起爆剤として存在しています。特にBLANKEY JET CITY。俺の血はそいつでできてる、とどうしても書きたくなる。どうしてブランキーが好きなのかわからない、それはもう、ブランキーが、私にとって人生のターニングポイントとしてあるから。私は、自分で好きなものを選んでいいのだということを、この人たちに教えられたのです。

よいものとされているもの、美しいとされているものを、経験して「よいなあ」と思うのが人生だと思ってい

誰かが使っている言葉を借りてきて、目の前の人にわかってもらうためだけにそれらを組み立て話していた。そういう日々を打ち砕いたのがBLANKEY JET CITYの音楽だった。「要は、突き抜けるあの感じ」とか「どうでもいいぜそんな事柄」とか。歌詞を耳にした瞬間、「要は」も「事柄」も強烈にかっこいい単語として生まれ変わる。それが、あまりにも鮮烈だった。変わっている言葉選びだから、とか、そういうことではなく、むしろこんなにも「必然」として現れた言葉を見たことがなかった。「書く」こと、「読む」ことの喜びは、言葉をただ使うのではなく、更新していくことにこそあるのだろう。浅井さんの言葉には、「言葉にする」という行為によって失われるものが何もない。浅井さんの歌詞には感性そのものが言葉に直結していくような「速さ」がある。考えるよりも先に、言葉になっていくような。それこそが、私を詩人にしたと思っています。

ました。すべての人にわかる基準があって、いちごに優や秀があるみたいに、審査されて「よい」とされたものに触れる、そうして感動するのが感性なんだと思っていました。そんなものは嘘！！　私にしかわからないこの世の優も秀も、私以外が言うのは全部嘘！！　というのがほんとうと、知ったのはブランキーを初めて聴いた時。

よいというもの、すばらしいというもの、それは世界で起きていることで、他人が決めていることで、でも「好き」だけは私が決めるものなのだ。私がいなければその「好き」は起こりえないのだ。ブランキーを聴いた時、わたしはそれまでツタヤで借りてはよくわからんなと思っていたロックの名盤たちのことも「全部わかった」と思いました。世界ではない、わたししか、この音楽の前にはいないのだと思い知った途端、すべてを手に入れてしまったような気がしました。脳の蓋があけられたよう。世界にあるものすべてが、とてつもなく生々しくなって現れた。このことを、わたしはきっと一生忘れない。わたしが本当の意味でわたしの人生を手に入れた瞬間です。

幼少期

幼いころ世界は自分のものだと思っていた。家族は優しく、泣いたら誰かが駆けつけて、ほしいもの、本当にほしいものは誕生日やクリスマスにもらえることが多かった。いやなことはあった気もするけれど、でも自分がこの世界で守られていると知っていたし、愛されているかどうかに興味なんてないぐらいだった。わたしは本当にあのころ、世界のすべてを手にしていた。あのとき、幼い目で見渡せる限りの「世界」のすべてなら。

世界がもっと広いことを知る。いろんな人がいることを知る。そのなかで、私のものじゃないことを知る。でも、そのさきにあるのが、「私だけのものだ」と思える「好き」という感情なら、もう十分だと思います。どこまでも世界は広がっていいよ。知らない場所も知らない人も知らない時間もどんどん、知りたい。そんなはじまりが、ありました。

ロケット

ロケットの発射映像を見ると泣いてしまう。甲子園の球児たちを見ると泣いてしまうし、宝塚音楽学校の合格発表も泣いてしまう。すごく恥ずかしいといつも思う。他人の人生の一面を見て、勝手に物語を想像して消費している気がしてしまう。感動、という言葉が苦手だ。感動するってなんだろう、要するに心がどうなったのか？理性よりも先に反射的に相手のこれまでを想像し、気づくと涙が出てしまうようなこと。だとしたら、すごく軽薄な言葉じゃないか？　とか、考えてしまう、勝手に感動して勝手に応援していればいいよというひとがいたら、そうなんだよその通り、と心から思うはずなのに。

自分がロケットを作ったわけでもなく、野球をやっていたわけでもなく、宝塚を目指したわけでもないから捻れたことを思うんだろうな。ここにはいつも安直な後悔がある。「どうして私はそこにいないのだろう」こんな風に生きたかった、と思うし、ニュースで見たときだけ感動して、そんなのじゃどうやっても「こんな風に生き」ることはできないとも考える。もしかしたらロケットに携わる人、高校球児、宝塚を目指す女の子の人生を、物語として消費するより先に、私は私の人生を「つまらな

スペースシャトルの、発射に比べればだいぶしずかな着陸も好きです。ISSにドッキングする直前の、あの開いた機体も好きです。ロケットというと発射の映像ばかりが取り上げられますが、あれは本当にはじまりであって、その後に続く、淡々とした作業工程、たっぷりと時間を取り、慎重に物事を進めるさまに、なぜか、進化の強烈なスピードを感じます。

い人生」と勝手に記号的に消費しているのかもしれない。

じゃあの子たちと替わってみる？　そう聞かれたら、きっと恐れおののくだろう。私にはそんな努力はできない、と答えながら、同時に、彼らの目指す「目標」に、私は人生を賭けようと思えるほどの恋をしていないのだと思い知る。テレビやネットでその偉業を目撃し、情報として知るときは、心からその目標を美しいと思った。でも、それに人生を賭けるような「恋」はしていない。彼らがその目標に感じている「すごさ」なんて、1ミリもわかっていないのだ。共感したふりをして泣いて、でも本当は少しもわかっていないし、わかっていないからこそ自分の涙が情けない。そんなに泣くなら、きみもやってごらんと言われたら、まったく興味を持てない自分が現れる。すごく嫌だ。でも、遠くから傍観者として彼らの達成を眺める限りは、彼らほどではないとしても泣いてしまうぐらいには、その成功を「すごいこと」だと感じられるのって、軽薄だ、軽薄だけど、なくなってほしくない感情だとも思う。人間が、人間というものに希望を持ち続けるにはきっと必要な「軽薄さ」なんだ。

機械

ロケットは宇宙がどうというところもあるが機械としての限界を感じてすごく好きである。量産を一切前提としておらず、現在が最終解であるという確信もなく、ひたすらに進化途中という感があり、宇宙開発は、特に「進む」「触れる」「帰る」が基本となるので、それらがアナログな形で現れるのがとても面白い。あるとき工事現場のクレーンをみていて、どうして私は、クレーンが正確に、倒れたりずれたりせずに荷物を運べることに疑問を抱かないのだろう？と思った。それぐらいはできる、と思ってしまっている自分に、たとえばキュリオシティの着陸や、宇宙ステーションのドッキングなどをみたとき、気づかされる。いつか、私もしくは私の後に生きる誰かが、これらを「当たり前のこと」として眺める日がくるのだと。未来にどんな発展があるのか、私は知らないけれど、それよりも重大な変化を、すでに知ることができると感じている。私は未来の全てを知らないが、私の持ち物すべての価値が覆ることだけはわかる。それって、なんだかちょっと爽やかですね。

買い物

買い物とは後悔です。買いたいと思う、買ってしまえと決める、そのあとで「なぜ……」と遠い目をしながら紙袋を抱きかかえて電車に乗る。美しいものを厳選し、そっと手に入れ喜びの中帰路につく、というような、そんな姿勢のいい人生を私は生きていない。私はなぜなら美しいものが欲しいわけではないから。世界でいちばんに好きなものを買うために生きているわけではないから。買い物とはそのとき「買いたい」と思ったものを買う行為である。刹那的でありながら結果は永遠につきまとう。このみっともなさしょーもなさ、目を逸らせない感じこそが、醍醐味だ。我々は人間なんだよ。神じゃないんだ。

無駄遣いをして反省をします。もちろん買いたいと思うのだから、好みの服だったり雑貨だったり家具だったりするのですが、そういう問題ではなくて、たとえば、タイミングが違ったらこれよりあれを買っただろうし、明後日もう一度見に行っていたなら「これはいらんやろ」となったんではないかと、冷や汗をかきながら思うこともある。しかし一週間もすれば「そうだけど？　だから？」と思っている。お金は減ったままだし、買ったものを使うこともないままだったりするが。しかし、「だから？」と思う。買い物とは人を罰する

センスのよい買い物をしてセンスのよい人になるぞ！などと息巻いていたこともありますが、そういうことをすると本当に買い物がつまらなく、しばらく何も買えませんでした。買ったものを写真に撮ることや、誰かに見せることをある時期からやめるようにしました。自分の買い物を恥ずかしいものだと認識すると、どんどんやりたい放題になり、頭が悪い買い物を繰り返すようになります。それを痛快！とかって思うんです。

ことでも、恋人を作ることでもない、単純な「物」との関係性であり、「厳密さ」や「正しさ」や「本気」やら「誠意」をもちだすことに、「新世代のギャグ漫画みたい」と実はこっそり思っている。人生の友となる物を買えたならそれはもちろん幸せだろう。でも、くだらん買い物も悪いものではないし、あなたにくだらん部分が一ミリでもあるなら、買い物にだってそれが現れるのは必然だろう。あなたの本性がどっちにあるってくだらん買い物ではないのか？ 美しい選択、研ぎ澄まされた選択は、純粋な水であれば必ずそこを通る、というようなそんな川みたいなものだ。着たことのない服があるクローゼットの方が、そんなものは一枚もないというクローゼットより、私は魅力的だと思う。

　これは、私の人生のための言い訳であります。使うことのない謎の雑貨を詰め込んだ段ボール箱が一つあります。そこにいくら使ったのか計算することが怖くてできませんし、辟易もしています。しかし私は私自体がそんな大したことのない人間であると知っているので、そこを責めるよりは、それだけでないといいな、と思っています。時々は愛用の品を見つけてくれるといいな。神である瞬間が自分に宿るなら、余計に、人間である自分を取っておきたいと思うのです。

流行

　流行のもの、完売確実のものを買うことも、できる限り避けています。それは「欲しい」という刹那的な欲求が私の中から来ていない可能性があるからです。買い物を常に厳選してやる人とは違って、私は基本何も考えないので、流行やら数量限定といった、「人を煽るワード」に頭が弱くなります。だから、機械的にこれらは避け……というか逃げることにしています。知ってしまったら買いかねないからです。

　逃げきれず買ってしまったものは、ほかの失敗作よりも、笑えないというか、面白さを感じません。「なんでこれをいいと思ったんだろう……」と遠い目をすることができない。「流行っていたから、人気だから、つい。」といつまでも言い訳できるのは脆弱であると思います。愚かさが弱い。それにメルカリとかで売れてしまいそうなのも中途半端に思いますね。「誰にも譲れないし、売れそうにない、どうしようもない買い物」こそ、私は好きなのです！

肉

肉が好きだ。世の中もみんな肉が好きだ。私にはそう見えてしまう。だって、野菜より果物より肉は特別扱いされているじゃないか。メイン料理に頻繁に登場するし、焼肉は絶対的「ごちそう」の位置にいる。私だって肉は好きだけど、この肉の人気ぶりはずっと不思議だった。どうして、そんなに肉がみんな、特別なんだろう？

　大昔であれば、肉というのは狩猟の成果であったわけで、獲物を勝ちとったという喜びとともに食べられるものだったはずだ。けれど今は野菜と同じように肉もスーパーで買える。肉より高い野菜だってある。それなのにどうして肉が、特別なの？　もしかして私が肉を好きなのも、みんなが肉を好きなのも、原始時代の記憶が遺伝子に刻み込まれているからだったりして。原始人がドーパミンをどばどばだしながら食べていた、それが私の食の好みを決めている可能性、結構あるんでは？　そう思うとどこかスッとする。私の好みに私の感性がちっとも関係していないなんて、私にとっては朗報だった。

　どうして、「何が好きか」によって自分を表現しようとしてしまうのだろう。昔からそのことが不思議で、そうやって他人の作ったもので自分の内容物を説明しよう

しかし胸焼けもしてしまうので、肉はやはり食べ始めに限る、と思っている。一口目が最高の味であり、つまり焼肉ならば最初に食べるタン塩こそが要で、タン塩のおいしい焼肉屋こそが至高である。ちなみに厚切りではなく薄切り派です。

とすることが悲しくて悲しくてたまらなかった。けれど私が語らなくても、どんな音楽が好きかなんていうことで優劣をつけられることは何度もあり、私がそこから逃れることはできなかった。私というものを本当の意味で知りたいのは私だけで、他の人は、好きなものでも嫌いなものでもなんでもいいから、わかりやすく簡略化された「私」と接していたいのかもしれない、とも思う。そして余計に私にとって、私の好きなものは特別なものになるんだ。「私」を簡略化して語るためではない、私だけの「好きなもの」。「好き」を因数分解して、複雑な、私だけの感情にしてしまいたい。

もし、食べ物の好みが、私の感性に関係ないなら、こんなにも幸せなことはないのです。遺伝子がそうさせている、だなんて、そんな最高に自由な「好き」、他にはなかった。私の感性と紐づけるなんてこと必要なくて、ただ肉汁に反応していればいい日々。私はそれを大事にしたいよ。肉が好きです。理由はわからない。私の遺伝子が、決めたことです。

よい肉

貰い物としてよい肉を手に入れたときの困惑はとてつもないものになります。よい肉は焼けばよい、という話はわかるのですが、焼くという行為すら私にはだいぶレベルが高いのです、私はよいそばをもらったとき、茹で過ぎてそばそのものが蕎麦湯のようにドロドロとなったことがあり（茹で時間はちゃんと見たし測ったので、私は悪くないと思っている）、また、もらったフルーツのタネをどこまで取ったらいいのかわからなくて、食べれる場所が半減したこともあり、焼くとか茹でるとか切るとかを「だけ」っていう人間に怒りを覚えます。肉を愛する。だからこそ私に、肉の生殺与奪（すでに死んでるが）を握らせないでくれ！魚を持ち込める料亭のように焼肉屋に肉を持ち込めたらいいのに……。肉はうれしい、ひたすらに自分が不甲斐ない、肉への愛のあまり自分を許せない日々だから、どうか肉に焼くというゴールを与えてから私にください。

コート

洋服は好きだけれど、いろんな服を着たいわけじゃないのかも、と思う。好きな服を着ていたい。できればずっと。毎日でもいい。毎日、同じ服を着たっていい。でもそんなのは洗濯事情的にも難しいし、おしゃれさんっていうのは、どこに、いつ、なにを着ていくか、そのすべての要素に気を配るものなんだって、言われることはわかっている。わかっているし、だから、おしゃれなんて好きじゃないって言いたくなる。つい。

　とても好きな服を、「好き！」と思って買う。だから「できることならずっと着ていたい！」と思う。実際にはそういう服は複数あるから、日によって入れ替えはするけれど、でもどれも許されるならずっと着ていたいし、それがどうしてだめなのか、実のところよくわからない。衛生面の問題？　じゃあ、同じ服をたくさん持っていたら？　だとしても、私はたぶん、毎日着ることはできないだろう。同じ服を数日着ることすらできないだろう。「あの人、毎日同じ服だよね」って言われることを恐れている。私は、見栄を選んでいます。服が好きだけれど、おしゃれとか、人から見ておかしくないかとか、そういうことを完全には忘れられない程度の、「好き」なのです。そこまで「好き」で

夏の終わりごろから並び始めるコートには、いつも苦戦しています。夏物とはあまりにも違う重量感にたじろぎ、羽織っても、中が夏服だとなんかモビルスーツに見える。「まったくイメージがつきません」という言葉を繰り返しながら、「行け！行け！」と自らを奮い立たせて買うのだ。その日の勇気に対して冬の私は、毎回、感謝をしている。コート、冬にバッチリ、合っているよ。

はないってことなのかもしれない。（などと簡単に、自分の「好き」の程度を、推し量ってしまうことだけは絶対にやりたくない。他人の目を気にする自分を、まっすぐで凶暴で誠実な子どもが心の中で「ばーか」って言っている。けれど、恥ずかしさを無視はできても、恥ずかしさに無頓着にはもうなれない。傷つくことは確定で、それでもやっていくか、そこは避けていくか、という二択なら私は逃げながらうまいこと楽しんでいたいと思うのだ。そう。その程度の「好き」だ、でも、それもまた工夫のある「好き」だろ？　そういう「好き」だって立派なものだ、だから時にはそういう気持ちを思いきり、弾けさせられたらとよく思う。）

だから。コートが好きだ。冬は、気に入ったコートをずっと着ていられるから、幸せだ。中に着た服が違っていれば、別にずっと同じコートでもいいんでしょ？　本当は違うのかもしれないが、そう思っていられるってことが私にとっては重要だった。コートが好きだ。けれど、好きすぎてコートばっかり買ってしまうから、結局ずっと同じにはならない。それでも、好きなら好きなだけ着ていい服があるっていうそれだけで、冬の洋服選びは楽しい。

ファッション誌

ファッション誌がファッションのお手本を提示するものだと私はあんまり思っていなくて、「いつかこんな風に！」という憧れポジションとも違うように思う。おしゃれなものを見る、というだけで、「おしゃれをする」の１割ぐらいの快感があると踏んでいて、つまり、おしゃれをするために読むのではない、読むことで現在進行形でおしゃれをしているのだ！美しい人や、歌の上手い人、ダンスが上手い人、絵が描ける人、そういう人がだいすきで、そういうひとを見ているとき、「あなたもあんなふうになりたいの？」と言われると「は？」となり、「あの人と仲良くなりたいの？」と言われると「頭打ったんか？」と思うが、私には答えが見つけられなかった。でもきっと、ファッション誌を見るのと同じことなのよね。私はそのときすでにその人と同じになっているの、憧れとかではなくてね。もうなっている。１割ほど。そしてそれが喜びになるのではないか？１０割なりたいとは思わない、それがとても大変であることは薄々わかるから。上澄みを自己に投影できるのが、観察のおもしろさではないかなあ。

プラネタリウム

冬、オリオン座をみつけると、こんなにも星座は大きかったのか！　と毎年怖くなってしまう。星が好きでプラネタリウムによく行ったけれど、どれほどプラネタリウムがリアルに星をみせてくれても、その高さだけは、表現ができない。だから星座の大きさもまた、そこまで感じることがなかった。毎日青空をみて空の高さをわかった気でいても、あたりまえのことだけれど、星は雲よりずっと高くにあり、星を意識してみるまでは、どこかでそのことを忘れてしまう。高さをうまくイメージできないでいた。星は途方もなく遠いところにある、そのことを、冬のあの有名なオリオン座をみてやっと気づく。そしてその遠いところにある光が、こんなにも大きな絵を描いている。つい私は、空を見上げたまま、後ずさりをしていたんだ。

宇宙の広さを図鑑で知って、そんなにも広いところに私はいるのかと想像しては、ぞくぞくしていた。国際宇宙ステーションから届く地球の緻密な写真をみて、当たり前のことであるはずなのに、自分はそこに写っていないということがちょっとショックだったりした。宇宙に関わることを知るたび、私はすこし心細くなる。けれど、星座をみたあの瞬間、巨大な絵が自分を覆っていると気づいたあのと

北半球でのプラネタリウムはたいてい、南の空がメインとなるので、北側の席に座るのが正解であることがほとんどらしい。だからいつも南に向いた席を選んでいるのだけれど（というかほとんどのプラネタリウムはすべての席が南向きだ）、しかし南がメインだと言ってもやはり自分の頭の後ろ側に映っている星も気になり、振り向いてしまうのだよな。そうすると一気に星空が人工物っぽくみえてしまうのです。最近は、プラネタリウムではできるだけ首は動かさない、ということをマイルールとしています。

宇宙葬

わたしはアンチファンタジー。星や月や太陽にファンタジーを持ち込むことを極度に嫌う人間です。昔からね。星のスカーフは実際の星の位置に合わせて描いてほしいし、月の海の名前とかにときめくことをなぜか心が許してくれない。月にうさぎがいる伝説はちょっと地雷だし、ほんとは星座にある神話もだいぶ地雷だ。地球から見れば並んで見える星も、真横から見ればあまりにも離れていてダウト！とか、わたしはどういう立ち位置から、こんなことを思ってしまうのだろう……と、よく考えていた。わからないことが多い宇宙の、その隙間にファンタジーを滑り込ませるなら、ありうるかもしれないと思う理屈をでっち上げてほしくて。そういう意味でＳＦが好きだ。わからないはなんでもありじゃないし、わからないは、なんでもありよりずっと面白いって思っている。

なんの話だ？死んだ後、もしもカプセルで灰を宇宙の彼方に飛ばしてもらえるというなら。宇宙探査機に乗せてもらえるとするなら。私はきっと尻込みしてしまうと思う。こんなにもファンタジーが嫌いで、事実と事実のふりをしたものだけを求めているのに、自分の灰が宇宙に行くのは怖いと思う。それは見ることが、知ることが、事実に触れることではないと思っているから。私はもっとわからなくなってしまうだろう。もう私以外に考えてくれる人も失って、わからない宇宙を前にして、真っ黒な空洞になってしまうと思うんだ。

きが、たぶん一番不安だった。星がとても遠くにあること、宇宙がとても広いこと、そのことを知るだけなら、私はまだまだ平気だった。でもあのとき、あの星空を見上げたとき。あんなにも遠い光が、こんなにも大きな絵を描いて、私に主張をしてきていた。それが、私はなにより恐ろしかった。宇宙は広い。私はちいさい。それなのに、宇宙は私を放っておかない。私の視野になんとしても入ろうとしているみたいに星座が、空に広がっている。「忘れるな」と、言うみたいに。

プラネタリウムに行くと、そんな星空がただの美しい景色に変わる。「この街では、星はもうほとんどみえなくなっていますが」というアナウンスとともに、本当なら見えるはずの満天の星が映し出される。その光はちっとも遠くなくて、星座を大きいなんて思うこともない。ただただ星空と自分が、対等であるようだった。これが、「本当なら見えるはずの星空」なのかな。だとしたら、この星で暮らすことも、この宇宙で暮らすことも何も怖くない、そう思いながらプラネタリウムの星空を見つめた。上映後、外でみた青空は、驚くほどに高かった。

ポイント10倍キャンペーン

お金を自分で稼ぐようになったとき、嬉しかったのは細かなお金のことをいちいち考えないで済む、ということだった。学生時代、今月は絶対にこの額でやりくりしなければならぬ、というとき、1円や2円のために、遠出をしてチケットショップに切符を買いに行ったりしていたっけ。そういう苦労が本当に、本当にいやだった。大きな買い物のために頑張って貯金する、というのは普通のことに思うけど、そうではなくたった数円のことが頭から離れず、そのために考え続けなくてはいけないのが辛かった。働くようになると足りないものを捻出するために、自分の何かを削ることばかり考えるのではなく、ではシフトを増やそうとか、バイトを複数掛け持ちしようとか、そういう発想をすることができる。欲しいものを買えることより、そういう「考えなくていい」ということが私を解放してくれた。だから、ポイントなんてしばらくはまったく好きじゃなかった。ポイントカードなどいらんです。ポイント10倍キャンペーンなど知らんです。そういう小さな損を「しゃーなし」「めんどくさし」でやりすごすため、自分は働いていると思っていたのだ。

けれど、今はポイント10倍が好きだ。できる限りのキャンペーンを詰め込み、できる限りのポイントサイトを経由して、私はネット通販のポイント率を上げていく。洋服を買おうと、通

割引の方が効率がいい、というのは確かなのだけれど（ポイントは、次の買い物でしか使えないし）、割引だと結局、割り引かれた金額を支払わなければいけない、というプレッシャーは変わらなくて、前向きになれない。いや、そもそも前向きになる必要があるのか、という問題はあるのだが……。しかしお金を払うというそのことに、新たな価値を生んでしまうって、ポイントって思っていた以上に、罪深いですね。

販サイトを見たのが始まりだった。ほしい服は大抵「よいしょ！」ってならなくては買えないような価格のもので、お店なら実物を見ることでその「よいしょ！」の勢いに到達するが、ネットにはそれがなく、きっとその代わりがポイント10倍だったのだろう。ただお得だとか、そういうことではないのだと思う。私はポイントに、勇気をもらってしまっているのだ。

　働くようになってから、お金を使うっていうことが少し怖くなってしまった。勇気のいる、覚悟のいることになっていた。日々、自分に言い訳をしない生き方を目指したいと思っているけれど、買い物に対しては徹底して、自分に言い訳をしていたい。言い訳をした分だけ、買い物に後悔しない気がしているんだ。（そして割引より、きっとポイントがいいのです。ポイントは、消費をまるであらたな「労働」のように見せかける。ポイントを「稼ぐ」ために、私は購入をするのだと、思えてしまう。うそだろ。ばかみたいじゃないか。でも、これが「服が欲しい」という気持ちを、お金という息苦しいものから解放してくれている。正論なんて知らんですよ。ここちよい買い物をさせてくれてありがとう。明日もまた、私、ポイントを貯めます。）

無駄遣い

　自分がなにか間違った選択をしているのではないか、とは常に思う。セール期間中、キャンペーン中。じゃあこれ買おうかな、と思ったとき、私はこの社会にある初歩的な罠に引っかかろうとしているのでは？と思う。わかっていないわけではないのだ、キャンペーンでなくても買うであろうものを、このタイミングで買うならともかく、キャンペーンで勇気を出すというのは「無駄遣い」という文字がゆっくり滲み出てくるような行為であります。でも私は、このことを改めようと思っていない。私は自分が合理的であることからできるだけ逃れたいと思っている。なぜなら私はそんなに正しい人間ではないから。セールなら買おうかなと思った服が、定価で買った服よりのちのち活躍することもある。私は私に本当の意味で正確ではいられなくて、だからこんなガサツなままでいるのかもしれないし、それを、そろそろ面白がろうと思う。大人なんだし。

写真を撮る

わたしは、上手に写真が撮れません。現像した写真を見ると、たいてい予期していない電柱とか、屋根の先っぽとか、捨てられた缶とか、そういうものが入り込んで散漫な印象。フレーム全体を意識していないから、そうなるのだと思いながら毎回それをやってしまう。見えていない、でもそこにあるから写る。という、そんな写真を見て、ときどき人が「きみってこういう写真を撮るんだね」なんて言うから、面白い、とも思うのだった。写真って変だ、だから好きだ。

好きなものを厳選することが自分を作ることだと思っていた。昔、サイン帳のプロフィールに好きな音楽や食べ物について書くことは多かったし、初対面の人と話すのも、大抵は好きなものについてだった。好きなものを列挙することが自分を語ることであるとどこかで思い込んでいて、でもそれを「本当か？」と疑う自分もいた。好きなものは自分以外の誰かが作ったものでしかなくて、わたしとは本当は関係がない。それらをすぐそばに引き寄せて暮らしているだけ。わたしの中身にはならないのだと、自分に言い聞かせてもいた。

でもならどうやって、自分の中身を語ればいいんだ。

スマホで無駄に連写をしてしまいます。大抵の写真はぶれています。まっすぐとか平行とか考えたことがありません。撮るのが楽しすぎて、いい写真を撮ろうという気持ちがなかなか湧いてこないのではと、最近は思います。

へたくそやな、と言われるような写真を撮りますし、私もへたやと思います。それはいいんです、「へた」っていう概念は確かにあるなと思います。絵でも文章でも会話でも。へたはあります。しかしへたが、ほんまにあかんかというとそうでもないのが、絵でも文章でも会話でも、おもしろいところです。しかしぼくは、「へただけど、切実さがあり、その切実さとへたさが噛み合って、ぐっとくる」みたいな、「へた」の救われ方はあまり好きではなくて（うるせえ切実フェチが。と思います）、「へた」を必死さの演出としてみるのではなく、手癖とか本人がまだ言語化できてない価値観によって生まれているからこそ「よい」とされるときに、好きだと思います。結局「へた」のほうが、才能とか生まれついたものに大きく関わってしまうと思うんですよね。へたが素晴らしい時、その本人もそこを理解できてなかったりします。そしてこういうへたさは、「うまくなってしまってよくない」ってことにはならないのでは。こういう変化を遂げるのは、大抵「必死さの演出」として「へたさ」が消費されているときではないかと思います。

へたくそ

自分という生き物は、放っておいても生きてしまうし、時間の流れに身を委ねて、いつの間にか変容している。わたしがわたしを知るわけもないだろう、という気持ち。わたしがわたしというものに、少し近づけた気がして興奮するから、「好きなもの」を見つけたら嬉しくなるんだ。それそのものが「わたし」であるわけではないけれど、何者かわからない「わたし」の輪郭を、周囲を囲んだ「好きなもの」が描いているのは確かだろう。

無意識の結果としての写真を見るとき、そのことを思い出す。選ぶものでしか自分の輪郭を知ることができないと思っていた、わたしの前に、「選びきれなかった」写真があるんだ。他人は、それを「わたしの写真」として見ている。そういう写真を撮る人間として、わたしを見ている。それはとても奇妙で、あまり知らなかった感覚だった。いいえ、無意識なんですよ、と言おうにも、自分がどこに無意識であるのかの証拠として、この写真はあるのだし、どうやってもこれは「わたしの写真」でしかない。無意識という観点から、「わたし」を知るための写真だった。奇妙な感覚だった。わたしという人間に、ひさしぶりに興味が湧く、奇妙な時間だ。

食べ放題

そういえば、選択肢がたくさんあるっていうのは幸せなことなんだと、学生のころは何度か言われたことがあるけれど、よくわからなかった。そりゃあ、選択肢はあるのかもしれないけれど、それを選んでどのような結果がでるのかはみえなかったし、そんな選択肢に意味がありますか？　だからただただ迷いが増えていくだけだったし、迷うことが自由というなら、大人はなんだかとてもかわいそう、と思ったのだよな。迷うことは苦しいこと。もちろん、迷うこともできなくなる窮屈さ、自分以外の何かが自分を束縛することの不気味さはわかるけれど、それでも、迷うことが幸せだなんてことはないんですよ。迷うこともできない、ということが異常なだけです。迷うのは健全な地獄、迷えないのは不健全な地獄。それだけのことです。

どの選択肢を選んでも幸せになれるっていうなら、それならいいでしょう。それなら幸せと言えるでしょう。で、バイキングってそういうことでしょう？　と、今回は書こうと考えていたのですが、でもよく考えてみれば「選ぶ」っていうこと自体が、不幸にも思う。どれかを選べば、どれかは捨てなくちゃいけない。もし、どの選

しかしここまで書いておいて、私は昔から炭水化物をとってしまう派でもあって、あんまり元は取れなかったんです。というか、元を取る、という発想をしたことがないかもしれません。本当になんにも考えていない。食べ放題の間は。スイッチ切れてるんだと思います。

迷う

先日どうしてもコートが欲しくて、というか、必要なコートがない、と気付いて街に飛び出した。しかしコートはつねに身にまとうものだからこそ、どうやっても妥協できる気がしなくて、およそ8時間、コート探しに費やしてしまった。自分がそんなにたくさんのブランドや服屋を知っているわけではないことが、とてももどかしかった。いつもなら、コートや靴や鞄といった「何が欲しいか」を決めずに、気に入った服屋に行って、どうしても欲しいものがあったら買う、というふうにしているので、特定のジャンルを必要としたときどうしたらいいのかわからない。私は店員さんに勧められた服を、褒めちぎってしまう癖があるので（コミュニケーションの選択肢が「褒め」しかない）、散々かわいいって言って、買わずに店を出るということを繰り返してしまう。本当にすみませんでした。自分がどういう服を欲しいかイメージできない。コートが欲しいが、出会った瞬間に「これだ」と電撃が走るようなコートが良くて、頭の中にすでにあるようなコートは嫌なのだ。そんなことを言っているから買い物が疲れる、修行みたいになる。「選ぶ」なんてもうこりごりだ、となんとか見つけたコートを抱きしめ思う。

択肢も幸せな未来を導くのだとしたら、余計に迷ってしまうのではないかなあ。幸せを、捨てたくはない。一つだって捨てたくはない。そうして思い返してみれば、私は食べ放題の帰り道、すごく憂鬱なんですよね、普通のレストランに行けばよかったなあ、って思ってしまったりするんですよね。おいしかったとかお腹いっぱいになれたとか思わないんです。でも時間が経つと行きたくなる。たくさんの料理が並んでいるのを見ると嬉しくなる。たぶん、何を選んでも幸せになれるはず！　とか思っていなかったと思うのです。むしろ私は、「選ぶ」ということを食べ放題では完全に忘れていて、それがなにより私にとって大きかったのではないかと思います。

食べ放題。すべてのメニューを少しずつ、食べることだってできるのだ。選びたいものはすべて、選ぶことができる。なにも切り捨てなくていい。それが私にとって本当の魅力だ。おいしくなくてもいい、お腹いっぱいとかも別にいい、ただ、「選ぶ」ことから解放してくれるから、私は食べ放題に行くのかもしれない。思考停止、したいんですよね。お食事ぐらいはね。

東京タワー

部屋が広すぎると落ち着かない。それは町だってそうで、自分のいる町が「大き」すぎると落ち着かない。そこに知らない場所があるというだけで心細く、だから私は、東京の密度と広さが好きではない。そしてその分だけ東京タワーが好きだ。視界にあの赤い三角が飛び込んでくるだけで、東京は丸ごと、とてもとても小さく見える。

東京タワーはプラモデルみたいに見える。現実の建築物というより、シンプルなプラモデルを巨大化させて置いたようだ。これがあるだけで、相対的に町までジオラマのように見え「よくできてるなあ」と圧倒された。いつも、私は町を町として捉えられず、それが心苦しかった。窓の数だけ生活があるということ、それを本気で、具体的に想像しようとするとあまりの情報量に気持ち悪くなる。無数の人と暮らしていること、本当は、とても近くに他人の生活があるということ、思い出すたび苦痛だった。この人口密度で、人を人として見続けるのは当たり前に限界がある。けれど、私はそれでも、ついさっきすれ違った人の顔を思い出せない、そのことが恐ろしくてならないんだ。人を、簡単に忘れる自分が、不誠実そのものに思えてならなかった。

忘れてもいいのだ。わかっている、私自身、どこかですべ

東京タワーのプラモデルを小さなころ買ってもらって、大切にしていたのを覚えている。J-WAVEの収録で六本木ヒルズに行くと、東京タワーを見下ろすことができる。そのときの、タワーの見え方が、当時のプラモデルにそっくりで感動したことを覚えている。

阪神淡路大震災

被災した7歳の私がおぼえている震災の姿は、割れた窓ガラスと、飾っていた東京タワーのプラモデルが折れてしまったことだった。「これはもう捨てるよ」って親に言われたその時のこともおぼえている。私の家にはほとんど被害がなかった、誰も死ななかったし、家も残っていた。だから窓ガラスが割れて散らばっていても東京タワーがひん曲がっていても、ほっとしたし、外のことばかりが気になっていた。世界はどうなるんだろうと思った。私は、どうなるんだろう、ではなく。その後、神戸の外に出て、私の思っていた世界の外側に、また別の世界があって、なんにも被害がないところもあることを知って、わかってはいたけどすごい、それが怖いと思ったんだ。

ての人に忘れ去られること、自分が誰の記憶にも残らないことを、居心地がいいと感じている。生きるということが、それぐらいでゆらぐはずはないとわかっていた。私が、本当の意味で「生きている」と、「人間だ」と、実感できるのはたった一人、自分自身だけだった。（だから忘れ去られることも平気なのだ。）他人を、自分のように捉えられるわけもなく、だから怯えながら彼らを見つめ、尊重しようと躍起になった。他人が、「生きている」ということを心から実感（などできるわけもないのに）しなくてはと、どこかで本気で思ってしまった。

　東京タワーのある、ジオラマみたいな町並み。それは、他人が遠く感じることを許してくれる風景だった。遠くても、見つめることはできると、教えてくれる風景だ。他人を、自分のように見つめることはできないだろう。けれど、私はその人をその人として、まっすぐ見つめることはできるはず。東京の町は、よくできている、遠くから見るとよくわかる。人の暮らしが重なり合って、それぞれ勝手に蠢いている。いつまでも、見ていられた。とても遠い、けれど、それだけで息をのむほど、東京の町はよくできている。

エレキベース

低い音がなんだか好きだと気づいたのは10代のころで、それは自分だけだと思っていたのに、MDプレイヤーにはベース音を強調する機能が付いていて、なんだ、みんな低い音にドキドキするのかと知ってがっかりもした。生まれたころから知っていた音なのだと思う。低い音。母親のお腹の中で聞いていたのは、すべて低く響いた音だったはずだ。だから、低い音を好きだというのは生まれ持った本能みたいなもので、「好き」と言ってしまうのもちょっと違うのかもしれない。考えるよりも先、もしかしたら感じるより先に、反応として、低い音を心地よく思うことが多々あった。

音楽は音の連なりではあるけれど、そこには、今鳴っている音と、これから鳴る音と、もう鳴り終わった音しかない。そしてある瞬間、自分の目の前に現れているのは、その瞬間に鳴った音だけだ。だから音楽が鳴る間、それを「好きだ」と思うためには、そのときの音そのものに対する快・不快が大きく関わっている。きっと、自分が知らないうちに聞き慣れている音というのがあり、そこへとつながっていく音は、たとえ日常的な音でなくても落ち着いて受け入れることができる、それがここちよさ、いとしさに変わっているのかもしれない。

低い音が鳴る楽器。ギターよりずっと太い4本の弦を押さえるのが最初はとても大変で、しかしそのうち、ギターみたいに細い弦、指が切れそうで怖い、と思うようになる。エレキベースが好きでエレキベースを始めた、という人に対する、絶対的な信頼を持つようになる。また、「楽器ができない子がバンドに入るとき、おすすめされるパートはエレキベース」というあるある話には、いいようのない苛立ちを覚える。

音楽は好きだが、それは聴くことが好きなのであり、演奏が好きなわけではない、ということに気づくのにだいぶ時間がかかった。音楽が好き、という言葉はあまりにも曖昧すぎる、何も語れていないのと同じだ、と今は思う。音楽を好きな人間はたくさんいて、音楽が好きとはこういうこと、という定型も山のようにあり、簡単に理想の「好き」をこしらえられるから、私は私だけの感覚として「音楽を好き」ではいられない。音楽が好きということで、演奏もしたし音響にもこだわったりしたが、結果として別の趣味に突入しただけ、としか思わなかった。私は今も10代と同じ音楽を同じ姿勢で聴いている。これが一番落ち着く、奏でたりこだわったりグッズ集めたりせんでええわ、これだわ、と思うまでにこんなに時間がかかった。しかしそうすれば変わるのは私一人であり、歌詞やメロディーに対してどうしても昔よりは広く見渡せる感覚になる。変わらない音楽を好きでいるはずなのに、景色はどんどん変わっていくのだ。ずっと、同じままの「好き」ではいられず、必ず自分一人で「好き」を更新することとなる。苦痛はここにもあるけれど、それは寄り道でも近道でもなく、ただ道がもうないという開放感と共にあるから、やっと「好き」を手に入れたと実感をしている。

演奏

私の体からは今も心臓の音がしていて、呼吸の音もしていて、あと、血の流れる音もきっとするんだろうなと大木に抱きついたときに思う。冷蔵庫の低い稼働音にはもう気づくこともなくなったし、街から離れて遠出をすると、そこではあまりにも夜が静かなことに驚く。でも、それじゃあ何の音が、自分の暮らす街には、夜には、鳴っていたのかわからない。こうやってずっと生きているから気づいていないだけで、もしかしたら地球の回る音、地下でマグマがうごめく音がしていたのかもしれない。そして、私がそれらの音に気づくことなんて、きっと一生ないのだろう。

低い音が好き。本能で反応しているだけ、といえるのかもしれない。でも私はその本能が見ているものをきっと、ほとんど知らないでいる。心臓の音、血の流れる音、地球の回る音、マグマのうごめく音。これから何十年と生きても私が知ることのない世界や体のことを、知っているのが本能なのかもしれない。だから、この音にどうしてか痺れる、と思ったとき、それを、どんな理屈よりどんな知識より信じたかった。低い音が好きで、だからエレキベースをはじめた。その行動はきっと私一人が決めたことじゃない。そして、だからこそエレキベースが私は好きだ。

インスタグラム

本当は、私たちはただただ自分が見ているものを、そのまま相手に見てもらいたかっただけなんじゃないかと思う。たくさんのことを考えて、思って、そのひとつひとつを言葉にしてぶつけるということをしなくても、ただ同じものをじっとともに見る時間があれば、私たちはわかりあえたと安心するのかもしれない。もちろん、他人を正確に理解することなどできないけれど、それでも私とあなたが同じ世界を共有しているんだと、その瞬間、実感することができるんじゃないか。そう、インスタグラムを見ていると思ってしまう。

言葉にすれば、嫌いなものだって好きなものや親しんだものと同列に語ることができてしまう。よくは知らないものさえも、言葉があればいつのまにか具体的に語ることができてしまう。言葉には、自分の感覚や、世の中の価値観が紐づいているから、なにもない空洞でしかなかった感覚にも、意味を詰め込んで、どんどん具体的にしてしまう。詳しくはないけれど、でもなんとなく嫌だ、という程度のものについて、語っていくうちに、その嫌悪感が「なんとなく」ではなく「絶対的」なものになることは何度もあった。そしてその感情は私の要素の一部として、存在し続けるんだ。本当にその「嫌い」という感情が、そこまで深刻だったのか、言葉にし尽くしたあとじゃ、決してわからない。

好きなものについて調べるならインスタグラムが一番しあわせ。嫌いなものを調べる気も起きなくなるのもインスタグラムのいいところ。検索とは、欲求が形となる前に先走っていくイメージがある、「みたい」「しりたい」「ほしい」と思う前に検索してしまうようなこと。だからインスタグラムが主流になってよかったなあとよく思う。

ツイッター

知らん人を知らんままでいたい、という曖昧な感覚がツイッターでは通じないのが近年とてもつらくなってしまいました。どうして「みんなの話題になっているツイート」だとかをまとめて毎日提示してくれるのだろう。そんな、教室みたいなことしなくていいのに。大人になって何が楽って、世界とか全体とかそういうものを把握しなくても人間は生きていけるし、知らん奴のことは知らんままでいい、とわかったということでした。もちろん仕事で最低限うんぬんかんぬんはあるけれど、でも教室でクラスメイト全員の名前を覚えるのが普通だったとか、そういうの今考えたらめちゃくちゃ意味不明だと思う。テレビは見たいやつだけ見ればよく、音楽も聴きたいやつだけ聴けばよく。常識なんて犯罪でなければ放棄しても別によい。結婚？年齢？性別？社交辞令？わからんしわからんままでよくないですか？お前の普通はおれの普通ではない。わからんままでいいはずのことを、「わからん」ひとに、怠慢と指摘する人間をぼくは許さないです。みんな違うって怖いよな、でも、違うから、みんな自分の人生に専念できるのや。

インスタグラムには好きなもの、きれいなもの以外は投稿したくない、という意識が、全体に行き渡っているようだった。自分の撮った写真をスマホで見ても、たしかに面白いほど、好きなものしか写っていない。「私が本当に見ているもの」。それは、どんなに言葉を尽くしても揺らがない。「見たくもない」という感覚が嫌悪感を表すように、「見る」という行為はそれだけで、愛おしさの表現だった。

「好き」は自己完結すると、昔書いたことがある。「嫌い」は誰かに承認されたくて、つい言葉を尽くして説明してしまうが、「好き」は私が好きであればそれで良い、と思える。自分の孤独を守ることができる感情だと。写真は、いつも一人の視点によって生まれる。「私からはこう見える」ということが、そのまま形となる。誰にも理解されなくても。誰にも同意されなくても。

私が見たものを、そのまま他人に伝えられたなら、それをおもしろがってもらえるならば、それはとても幸せなことだ。写真である限り、「自分にはこう見える」ということは、もはや固定され、誰にも上書きすることはできない。その、孤独のままの愛おしさを、誰かと見せ合えるとき、さみしさを埋める、ということよりも、さみしさのままであり続ける、という安心があるように思う。最近、インスタグラムを見ていると。

レゴ

子どものころ、「子どもの想像力」とかいう大人の幻想に振り回されるのが、とても怖かった。思い切りよく弾けた他の子の絵や文字がほめられているのを見ると、自分もこうならなければいけないと、どうしてか不安になっていた。きちんと真面目に、絵も書道もやろうとしたけれど、そういうことじゃない、と思われるのはわかっている。どうしてもうまくできなくて、子どもらしくないということが当時のコンプレックスだった。

「想像力が豊かなのが子ども」なのではないと、今は思う。ただ子どもは「想像でもしなきゃ何もわからないぐらい、なにもかもを知らない」って、だけじゃないかと思っている。子どもは毎日新しいことを知って、自分の知らないものがまだまだたくさんあるのだということを実感して、興奮し、その知らないものを知ろうと、頭の中で必死に手を伸ばしている。そこから想像につながっていくかはその子の性格次第のはずだ。私は、わからないことがあると、正解を想像ではなくて、調べて知ろうとする子どもだった。図鑑を開いて知ることのできる正解は、簡単に自分の想像を超えていく。宇宙は膨張しているし、植物は光を栄養にしている。私は、「知らない」ということより「知る」と

作ったら保存しておくことが前提の、シンプソンズとかスターウォーズとかのレゴについて、私は昔は過激派で「最後は壊してこそレゴ」と思っていたのですが、あの設計図ありきのレゴというのは作る過程が、立体物を創造する作家の思考を指で辿れることこそが良さであると気づきました。なぜこんな謎の組み立てを……とやっていくうちに、「まさかあれが伏線だったなんて！」と気づくことがある。単純な構造のレゴをむやみやたらに組み立てるだけではわからないことで、これは、「レゴが史上最高にうまい作家が手に乗り移る」ことのためにあるのだ、と思い始めました。無限の空間があればぜひとも無限に作っていたい。

想像力

原稿を書く上で、こんなに実感のできない力は他にないです。想像力。フィクションを書くこともあるし、ないものを書くこともありますが、しかし想像ではなくて、言葉や文体が導くものだと思っています。登場人物の会話が弾むとき、わたしはそれを書いて、眺めながら、その人たちの人格を「知る」ような感覚になります。建物や景色はたしかに見たことのあるものが要素になることもあるし、そうでもないこともあります。もしかして、想像力って人ではなく、言葉が備えているものなのでは、と最近ときどき思います。

いうことに興奮をして、自分の想像より、現実をひたすら追いかけるのが好きだった。

そんな私は、レゴばかりいつもしていた。最初は家や車といった知っているものをレゴで再現する遊び。でも、そのうちだんだん考えるより先に手が動いて、「あ、ここくっつけてみよう」と思いつきでレゴを組み合わせていくようになる。結果的にできあがった、とげとげしたボールや、足の生えた窓は、自分でもなんなのかよくわからないままだ。それでも、そのわからなさが楽しかった。想像を完全にやめて、その場その場で実験のようにレゴを組み合わせていく、それが私の遊び方だった。

考えたって、想像したって、世界のすべてを見ることなんてできない、自分の頭の中にあるものなんて本当にわずかなんだということが、この手で、証明されていくようだった。思考より想像よりずっと果てにあるものに、手を動かしていれば、作り続けていれば、ふとたどり着くこともあるのかもしれない。それって、それこそ、発明なのでは？レゴ、今でも家にちゃんとある。自由な発想なんて、結局できないままだったけれど、私はあのころからずっと、「作る」ということが何より好きなままでいる。

グロッケン

音楽会で女の子がみんな希望していたグロッケン。高くてよく響く音が気持ちよくて、私もずっと憧れていた。クリスマスプレゼントにグロッケンが欲しいと言ったこともあったけれど、グロッケンって高いんですよねえ、子どもがねだっていいようなお値段ではなくてすぐに諦めた覚えがある。

私は自分の音感とかリズム感とかにそんなに自信がない子どもで、ピアノは習っていたけど、人前で弾くのなんて嫌いだった。グロッケンは、叩くだけで音が出るというのが、なんだか安心する。棒を握りしめるのではなくて、軽くつまんで、勢いをつけて、鍵盤をはじいていく。自分が弾いているはずなのに、楽器が棒をはじくから、楽器が音を勝手にコントロールしているようにも思えました。もちろんそこにも細かな感覚が必要になってはくるのだろうけど、子どもの私には何か大きなソファにもたれているような安心がありました。

音が、「何かを奏でるための音」としてそこにあると緊張する。ピアノの一音を弾くと、その次にどの音を弾けばいいか、つい考えてしまう。できるだけ変な旋律にならないように、ちょっと指で押さえただけだったのに、気を使

最近はお買い得なグロッケンがすぐにネットで見つかるので、それを睨みながら、小学生のころの私のためにも買うべき？などとよく悩んでいます。しかしこれを買ってしまったら、叩いてしまったら、20年前耳にしていた、あの叩きたくてたまらなくなる音の響きを、しびれを、忘れてしまうのではないかなあ。グロッケンって中学・高校になると、一気に見なくなりますよね。それがまた、一層この楽器を、特別なものにしていると思います。

音痴

カラオケを楽しいって思わなくちゃ、と必死だった。歌が上手いとか下手とかが、そもそもよくわからなかった。歌ってすごく難しい、小学生の頃だと歌が上手い同級生なんてそんなにいなくて、下手なのが当たり前だと思っていた。でも、例えばカラオケに行った時に選ぶ曲がなんなのか、によって、「歌の下手さ」が際立つことってあって、私はまさにそうだった。好きなアーティストのアルバムにしか入っていないような曲を入れるから、他の子が誰も知らなかったりする。そういうことを繰り返して、なんか私の歌は、場によくないものなんだな、と薄々気付いていくのだった。

ってしまうのだった。それは、音がメロディのためにそこにあるようだからかなあ。いつもメロディとしてきくものを、構成しているお馴染みの音、だからかもしれない。

グロッケンは、どこか、教会の鐘の音のよう。どこか、鈴の音のよう。その一音が響き渡る、街並みを想像してしまう。だから、次の音も前の音も、「あるべき姿」がどこにもないように見えて、眩しかった。好きに弾いてもいいよ、といわれて、楽器を好き勝手に鳴らせるひとって、どれぐらいいるのだろう。汚いメロディだな、なんてこと考えないでいられるひとは、どれぐらいいるのだろう。私は音楽なんてものをまだ何も知らなかったころに、戻れる気がした。グロッケンの前では。

音楽会があるたびに、グロッケンを希望して、激戦の末、敗れることが多かった。音楽室で使い終わったグロッケンをちょっと叩いてみる。とりとめもない、まとまりのない音が、小さな竜巻のように空へと飛んでいって、私はじつはそれで、十分、満足していた。メロディをこれで、弾く機会がなくて良かったのかもしれない。もうずっと触れていないけれど、大人になったからこそもう一度、こっそり好き勝手に、叩いてみたい。

KEN ISHII

音楽というものが、どういうものなのか本当のところよくわかっていない。青春時代に私が夢中になったのは、本でも映画でもスポーツでもなく音楽だったけれど、それがなんなのか今でもわからない。絵には形がある、本には物がある、で、音楽にはなにがあるんだ。私は最初、「言葉がある」と思ってた。好きになった音楽には歌詞があり、その歌詞の言葉の自由さ、行間の広さに心奪われていた。私が詩を書き始めたのは、文脈や起承転結なんかを放棄して、それでも魅力的でいる歌詞に触れることができたからだ。でも、だとしたら言葉のない音楽、それを、私はなんだと思って、聴いているんだろう。

音楽は音楽だと、開き直ればいいんだけどね。そういうものが世界にはあって、物理法則と同じぐらい基本的な世界の成分で、だからそれがなんなのかなんて突き詰めなくてもいいのだと、思うのもありだ。KEN ISHIIの「EXTRA」は、テクノフェスのWIREではじめて聴いて、自分の体がほとんど液体でできているっていうことを痛感させられた。音で自分の成分が震えてしまう、ってことがわかったたし、そのために、音を聴いているのだとも思った。あれからずっと愛聴している。感性でも

音響に関してほぼ興味がない私ですが、テクノミュージックに関しては、音質をかなり良くしたい、空気自体が最初からその波形で揺れていると思い込みたい、耳の中まで全部、震えていたいと思っている。作り手の手のひらの上にいるんじゃないかって思いたいのだ、音と自分を直通させたい。

趣味

　私には趣味がないのですけれど、好きなものはたくさんあります。そして好きなものについて思いが高ぶり、「書きたい！」となった瞬間に書く、ということが多分私の唯一の趣味です。好きという思いは基本的にどこにもぶつけようがないもので、作品を好きになったとき、そりゃ感想を同志と語り合うとか、できるかもしれんけどそれは、現実に戻るためのリハビリみたいなものだと思う。とにかく私は頭がおかしくなり、でもそれはとてもすばらしい変化なんです！ということを証明したくて、それはたぶん、誰かから共感されるような言葉を探すのとは真逆なのです。結果的に好きなものについて書きまくるとき、私は私でさえ共感できないことを口走ったりする。特に、音楽はそうです。いや待て、聴いてて「かっこいい！！！！！！ヒィー！」としか言ってなかったやないかと、自分でも思うのですが、「好き」をそのまま書くのではないのですね。こういうとき。私は「好き」からスタートした別の何かを、自分の話ですらないなにかを書いていて、それでやっと、「好き」を昇華できます。そして残るのは謎の文面。それを入稿しています。

思想でもなくて、肉として音を聴いている。生きているということ、私の肉体は私のものだ、ということを、音の振動は覆すから、歯向かいたくもなるけれど、確かに私はそのために音を追いかけていた。

　言葉のある音楽を聴く時、私は、思考できる、感じ取れる、そういう「私」という存在で音楽と向き合っていた。確実に、言葉がある時と、ない時では私はまったくちがうものを見ていた。聴いていた。言葉のない音楽は、「私」を、私から引き剥がす。人にとって思考することを放棄するなんて、屈辱的ではないですか。それでも、その瞬間を私は愛していた。音楽は「世界の基本的な成分」どころではなくて、時に、私以外のすべてのものとして、つまり、世界そのものとして迫ってきていた。だから私は私の感性から、逃げ出すことができる。世界へと溶け込んでいく。自分が自分であることを愛していても、守りたくても、一方で、それが束縛でしかない時もある。それを、解放してくれた。他人が作ったものに触れる、その理由はきっとここにあるんだろう。私は音楽で、私のことを忘れることができていた。

ジャン＝ポール・エヴァン

大人になれば、苦いものをおいしいと思うようになるはずだし、複雑で変な匂いのするものを、たまらない、と思うはずだった。そう信じていたし、どこか思い込んでもいて、山菜のてんぷらなんてメニューで見つけると、「おっ、これこそが！」と頼んでしまう。しかし食べたら、初めから終わりまで苦手な味なのよ、なんでなん。その割に、甘さで甘さを煮込んで、甘さをアクセントに加え、甘さでデコレーションしたようなデザートを、もう受け付けなくなってもいる。コーヒーで流し込みながら、ケーキを食べる時、私はもう本当の意味では甘みを好きじゃないのかもしれない、とぐるぐる考えてしまうのだった。しかしだとしたら私は今、何が好きなのだ？　何も好きじゃないのか？　そんな悲しいことあるか！

チョコレートが好きだった。今も好きだけれど、当時の「好き」とは明らかに違ってしまった。あのころはチョコなら本当になんでもよかったし、ある意味、チョコの味の区別がついていなかった。どんなに高いチョコも、熱々のトーストにチョコソースをかけて食べる時と同じぐらい最高においしい。チョコを平等に愛し、チョコのすべてを愛した。私の愛は博愛だったのだ。けれどさまざまなチョコに触れていくうちに、味に対する経験値が高まり、私はチョコの深みを知るようになった。デ

ということで、人に渡すにもとてもいいチョコレートブランドだと思います。チョコに慣れ親しんでいるかどうか、というチョコに対する経験値なんて不問で、「誰にだっておいしいチョレート」を提供しつつ、「芸術」としてチョコレートを極めるという、このエヴァンの在り方。ああ、そんなの、尊敬しかありません。個人的にはサフィルがオススメ。

パ地下などで買える高級チョコは、たいていがチョコを単なるお菓子ではなく「芸術」として捉えているところがあり、そのため、非常に複雑で奥深い味のものが多いのです。スーパーのチョコとデパートのチョコ。もちろんどちらだっておいしいけれど、でも、もう同じだとは思えない。むしろこの2つは全く別の方向を見ているんだな、って思い知る。そんな風に区別をしてしまうことが、なんだか悲しくもなっていた。愛が、俗的になっていくよ。

　ジャン＝ポール・エヴァンはだから素晴らしい。私にとって素晴らしい。エヴァンのチョコは、複雑な味でありながら、どこか、幼いころ親しんだ「チョコレート」の味がする。芸術としてのチョコでもありながら、昔から身近にあったあのチョコも芯に生き残っているのがわかる。子どもだって大人だって、自分の好きなように味わって、ちゃんと楽しむことができるチョコがそこにはある気がするのです。一人の人間として、いつまでも、同じものを愛して、それでいて、いつも違う表情で愛することができる、そんな予感。好きがずっと続くってことだ。それは、何より幸せなことなんじゃないのか。ジャン＝ポール・エヴァン、おばあさんになっても食べていたいって思います。

ミルフォイユ グラッセの再販はまだか

　チョコレートに関しては、アイス過激派でもあります。チョコレートはアイスが良い。通常のチョコレートは濃厚で、野菜の鍋に入れるカレールーのような「塊」感がございます。生活の中にチョコレートという名のルーを入れるのでございます。しかしアイスクリームというのは、すでにソースとして伸ばしたチョコレートであるのです。冬にこたつにはいってたべるチョコレートアイスよ。ジャン＝ポール・エヴァンでは数年前、パイ生地を挟んだチョコレートアイス「ミルフォイユ　グラッセ」が販売されていました。上にチョコのパイ生地が載せられ、真ん中あたりにもサンドされている。これが本当に！！！おいしいんですよ！！！どれぐらいおいしいかというと数十個買い込んで、冷凍庫に保存し、まだちびちび食べているぐらいです。その年でパイ入りのチョコレートアイスは終わってしまったのですが、終わるとかほんと信じられへんしちょっと考え直してほしい。ジャン。再販されましたらみなさんぜひ、試してください。

クリスマス

クリスマスが好きだ。理由は「いっぱい光っているから」なのだけれど、それだとすごく恥ずかしい気持ちになる。もうもらえないはずなのに、どこかで「サンタがプレゼントをくれるから」とも思っている。光っているのも見慣れたし、もらえないのは目に見えてるのにどうしてまだ好きなのか。そこに理由はない。ただ、昔好きだったから、そのままで今も好きなのだろう。クリスマス。

私の中にあるクリスマスは、幼いころ、人混みの中、家族と手を繋いで歩いたデパートで、見上げたクリスマスツリーのこと。大人になれば、サンタの真実も知ってしまうし、仕事でクリスマスを彩る側に回ることだってあるけれど、飲み会をしたりデートをしたりするのがクリスマスだという「常識」に?がいっぱいになったりもするけれど、それでも「好き」という気持ちの理由だけは、更新されない。むしろ「クリスマスを好きだ」と思うとき、私の中にあるクリスマスの像はリセットされ、幼いころ見ていた、不思議でちょっと怪しい「クリスマス」に戻るのだ。そこへと戻るためのおまじないなのかもしれない、クリスマスを、「好き」と思うことは。

幼いころ見ていたものこそが真実だと思うわけではないし、知識が増えていくこと、いろんな人の視点を知ることはとても豊かだと思う。何も知らないことが「純粋」というのは非常に思考停止した考えだと思うし、私が幼いころクリスマスを好きだったのは、心がきれいだからとか、子どものかわいらしさだとかではなく、何も知らなかったからこそ、なんでクリスマスがこんなに喜ばれ、大人まで本気で街を輝かせているのか、理由が全然わからなくて、空想に

ネットにある「クリスマス」と、街にある「クリスマス」は少し違っていると思う。ネットでのクリスマスは「大きなイベント」という概念として捉えられている感じがするけれど、街にあるクリスマスって案外、無視されているものだ。概念もなく、馴染んでしまっている。作り込まれたツリーもイルミネーションも、最初の頃は注目されても、案外クリスマス近くになると誰も見ていなかったりする。大人が興味なさげにしているツリーを、一人ぼうっと見ている子どもだった私にとって、クリスマスはやっぱり街のもので、特別でもなんでもない、季節の一部のようなもの。だから、街のクリスマスとして、ルミネのクリスマスキャンペーンに詩を書けたのはとても嬉しかったです。

和菓子

和菓子は尊い、洋菓子は眩しい、果物類は恐ろしい。ここ最近和菓子が好きです。いえ、好きではないのですが、尊いと思います。あんこのよさはいまだによくわかりませんが。けれど、緑茶とともに小さな和菓子を少しずつ食べるということが、とても重要なことだと思うようになりました。もしかしたら緑茶を飲みたいというだけなのかもしれないし、もしかしたら時間をゆっくり使うことが必要というだけかもしれません。和菓子を食べなければ今ここで爆発する！というような感覚には決してならないのですが、和菓子がこの世にあることのありがたさを感じます。近くに公園があるようなこと、川が見えること、水の流れを感じること、などに近いです。この世に、和菓子があるということ。

答えを探すしかなかったからだ。わからないから、「サンタはいるのかも」「魔法ってあるのかも！」「大人が秘密にしている別の世界があるのかも！」と思うしかなく、そうして胸を躍らせた。サンタさんの置いていったプレゼントは冷たくて、それはソリに乗って空を飛んだ証拠だ、と思うことができた。そういうのは心のきれいさではないですね。なんにも知らないのだから、そう思うのは、すごく自然なことだと思います。

　私は、幼いころの気持ちを捨てるとか失うとかいう感覚がよくわからない。人間は肉体は一つだけど、別に精神は一つではないと思う。今の私しか私の体にないとはどうしても思えない。まだ目覚めていない部分だってあるだろうし、ずっと昔の私もそこにまだいるだろう。状況や知識が変わっていき、なかなか取り出さなくなった感情も、消えてはいない、眠っている。簡単に「あの頃は純粋だったから」と、切り捨ててしまわないで。昔は、昔のままそこにいて、ただ、すぐ取り出せる場所にいないだけではないの、あのころ、何を知っていて、何を知らなかったのか、なんてことは、案外覚えていなくて、ただあのころ自分はすごく嬉しかったとか、好きだったとか、そういう実感ばかりが残る。だから、なんだか昔の自分が別人のように思えてならない。でも自分は自分だ、たとえ理解ができなくなったとしても、純粋という言葉一つで片付けることなどできるわけがない。あのころ思ったことを切り捨てないでほしい、まだずっと持っていられる、子どものころすごく幸せだった瞬間を、今も、私のものだと言える。

小豆島

静かな旅をしたいなら、懐かしいと思う場所が、一つあればいいように思う。私にとって小豆島はそういう場所で、何が特別なのかと聞かれるとわからなくなるけれど、もうずっと通っている。むしろ、何一つ特別だと思えないからこそ、私にとってはその場所が「特別」なのかもしれません。訪れては、「そうだった、こういう場所だった」とくりかえし思う。生まれ故郷でもないのに、懐かしさをくれる場所だ。

夜の明かりの少ない車道の端を歩いているとき、虫の音と草の擦れる音が私を包んでもうどこから音がするかなんてわからなかった、私がここにいるとしかわからないと思うそのとき、この島に来てよかったと思う、たぶん、前に来たときも同じことを思ったはずだ。

珍しい場所に行くことが、何も面白いと思えなくなっていた。ガイドブックやネットで写真をたっぷり見て、だいぶ心を準備して向かった場所に、どう立っていればいいのかわからない。もはやそのころには観光地を実際に見て、名物を食べることが義務と化していて落ち着かないし、それが「旅」とは思えなかった。もしかしたら旅に出る前の調べまわっていた時間が、一番だったのかと言っても多分そこまでの回数ではないのだ。私は旅が嫌いだから、5 年に一度行くような場所も頻繁に行く場所として認識してしまう。これからはよりそれはおおらかになり、きっと20年に一度でも、身近な場所として認識することとなるでしょう。まさしくそれは故郷と言える。

地中美術館

小豆島から船で行ける直島というところにこの美術館はあります。ここで、わたしが好きなモネの絵が、これ以上ないという展示のされ方をしている。

そこには、モネの絵しかなく、世界にもまたモネの絵しかないのではないか、では、それを見ている私は、誰なんだろうと、当たり前のように思ってしまう場所です。世界を切り取るのでも、保存するのでもなく、「絵にする」という行為について、考えずにはいられません。

私たちには目があり、手があり、見ること、描くことができる。でも、していない。そこにある風景を実際には見ていない。描いていない。ただ目の前に今、モネの絵があるということ。世界がすべてではない、わたしと世界以外の何かが、確実にあることを考えずにはいられません。

もしれないな。自分がいない場所について考えるのは面白く、際限がないし、かといって期限もないから、退屈しのぎにネットでいろんな情報を調べていける。無責任で、無遠慮で、焦ることなど一つもなかった。けれど、それは「自分がそこにいないから」なんじゃないのか。その場に立った途端、私は今度は「私のこと」ばかり意識して、なんとかその場所を知り尽くさなければと焦ってしまう。旅に出たのに、まるで部屋でうずくまっているみたいだ。そうではなく私は、知らないし、知らなくてもいいと思わせてくれる場所がよかったんだ。

普通に生活していると、時々「どこかに行きたい」と思うが、どこに行っても同じように「さらにどこかへ」と思う気もする。本当は、場所を変えたいのではなく、自分のことを忘れてしまいたいだけだ。そこが、どこであるかということを考えずに済ませてくれる場所なら、私は「世界」というものと対峙するために「自分」を意識しなくてよかったし、私にとってはそれこそ「旅」の時間なんだろう。何度通っても、小豆島は私のことを何一つ覚えていない。私も、結構なんにも覚えていない。そのことがいつもとても心地いい。

革の鞄

そのカバンを中心にしてコーディネイトせざるを得ない、というような、そんなカバンばかり買ってしまう。結局毎日追い立てられるように、この服に合うのはどれだどれだどれだ！！　と鏡の前でカバンをあてがい、カバンとはそういうものだと思っていた。そんな感じで生きていくのだと。けれど最近は。どんな服にも合うような、何十年でも使えるような、そんなカバンが絶対に欲しいと、心の底から思っている。

毎日変えて当然の、服や靴と同列にある「カバン」ではなく、自分の爪や髪や目や鼻、ようするに肉体そのものと同列にあるような「カバン」。仕事のものもある程度入れられる大きさで、いつでも持ち歩け、持ち運びも楽で、だいたいどんな服にも合う。飽きるとか飽きないとかそういうことではなく、ただ毎日、自分についてくるものとして、地球にとっての月のように、付かず離れずの存在として、カバンのことを考える。それはもはやファッションではない。人生とか生き方についての話であるような気もしてくる。

ファッションのことを考えるのは好きだ。喜んで、毎日それに追われている。何を着るのか、何を合わせるのか、常に変えられることの自由さ、楽しさ。でも正直に言えば、纏うものをぐんぐん変えていっても、結局それを着るのはいつも自分で、どこか脱いだ服もすべて自分の中に蓄積されていっているような感覚がある。自分と

「いい鞄」を買おうと思い立ってから、一年ずっと悩んでいた。欲しいカバンは見つかったけれど、それをいつまでも自分は好きだろうか、と不安にもなる。長いこれからのことを思うと、「好き」だけでは足りない気がしていた。けれど、お店でそのカバンを触らせてもらったとき、革が本当にトゥルトゥルしていて、この感触だけは絶対にずっとずっと気持ちがいいだろう、と思ったのだ。それは好きとかかわいいとか飛び越えて、私の信頼を呼び起こすものだった。一瞬で購入、けれど十年後もきっと私は愛用している。

クローゼット

クローゼット破壊協奏曲。というかんじの毎日です。人生単位の鞄を、と書いた隣で書くのもなんですが、なかなか服を処分できません。好きになった服が似合わなくなるというのはもちろんありますが、似合わなくなったところでその服が好きなままだったりするので、そうしたら残しますよね。服は増えますよね。破壊されていきます。クローゼットに入れることは自分の持つ服の全貌を不明にすることでもあり、こんな服あったんか！みたいなことがシーズン終わるころにたいてい起きます。服が好きなのに、大切にできていません。すてきな暮らし方が一ミリもありません。で、そのことに本気で悩んでいるかというと、そんなことはないなあ、と思ってしまう。すてきな暮らし方をする人には憧れる、服を大切にしている人とか、尊敬する。でも今何も困ってないな、楽しいし……とも思っているんです。クローゼット破壊しながら。わたしは健康のため、自分を変えるよりクローゼットは破壊するもの、と思うことにしています。

いう人生、過去を切り離すことはできない、着替えることですべてがリセットできるわけもない。めまぐるしい変化の中で、「同じ」であり続けるのが、自分の人生一つだなんて、当たり前だ、当たり前だけど、でも急にしんどすぎると思うことがある。

人生は、私の身体だけのものではないし、私の人生は、私が単独で握りしめるものではないんだ。

仕事をする。仕事は、社会とつながっている。他人がいて世界があり、他人によって作り出されたものや、社会が決めたことに、否応なく影響を受ける。私は、私というものを手放すつもりなど少しもないが、人生というのは、私一人がすべて決めていけるものではない、いやなこともよいことも、外からたくさんやってくる。私も、いやなことやよいことを、誰かの人生へと送り出している。どんなに服を変えても私のままだ、と思うたび、私は「私とは？」と思う。変わらないのが身体だけで、他がなにもかも変わっていくだなんて変だ。私は、自分が選んだ大切なものに「ついてこい！」って言いたい。言うべきだ。俺についてこい！　とにかくついてこい！　肉体ひとつだけ、というのは、純度が低いぜ。どうやっても、持ち物の多い私こそ、「私」そのものと、思えてならない。

だから、カバンが必要と思う。人生単位で私と共にある、カバンを探しに行こうと思う。

NUMBER GIRL

昔聴いていた音楽が、今よりずっとすっきり聴こえることはあって、特に十代の頃に好きだったバンド、私はブランキーとナンバガとゆら帝で青春を過ごした人間だが、それらの音楽が、年々わかるようになっていくことにきづいている。もっと意味不明に聞こえていた。当時は、なにがどうとかわからん、植物を虫眼鏡で見たら繊細で、複雑で、そして綺麗なのか不気味なのかわからない模様が施されていて、ギョッとするようなそんな感覚だったのだ。しかしかっこいいとは思っている、私よりも私の身体に近いところにいる誰かが「かっこいい！」と言っているから、絶対的に無視できない。当時の「好き」はそんなのだった。

　ナンバーガールの歌詞は、全然よくわからんくて、でも今聞くと、なんでそんなにわからんかったのだろうなあ、と思う。一瞬に炸裂する後悔や焦りや諦めが、一瞬のままでその速度を手放さずに現れる、向井さんの歌詞はそういうものであって、「わかろう」ってのがおかしい。わかる、わからないは、のろすぎる。ここにあるのは「やばい」でいいんだ。

　しかしこうして説明できるころよりも、「うそや、やばい、やばいということしかわからん、なんだこれ、なに！　地

ナンバーガールを好きになって、でもすぐに解散しちゃったんだ、ブランキーも私が好きになった頃には解散していて、本当に「ライブを見る」ってことができなかった十代だった。2019年の復活はだから、本当にありがたかった。バンドの復活って、どう捉えたらいいのかわからんところもあるのだけど、「ありがたい」やわ。とその時知った。「お世話になります」やわ。とその時知った。人生焼き尽くしたバンドがまた復活することは、焼け野原をもう一度業火に晒す、祭りを、輝きをとりもどす、ホスピタリティやわ。とその時思った。

球?! 平成?! 四次元空間?!」となっていた私がよかったと思う。あのころ私は世界がすべて意味不明だった。そんなの小さな頃もそうだったけど、幼さによる「意味不明」と違っていて、当時私は「世界は単純すぎて意味不明」だと思っていた。いろんな人がいていろんな気持ちがあって出来事があって、でも行動も発言も、常になんらかの目的があるから、めちゃくちゃに単純だし、しょーもないと思っていた。理由があるってのはそれだけでくだらなく感じる。「愛されたい」とか「褒められたい」とか。そんな風に行動が規定されるなら、世に起きることはすべて、人間の脳みそで想像しうることってことだ。超くだらん。それって生きる上で何にも驚きがないってことやん？ 私はせっかく生まれたのに、それで済ませる世界が「わからん」。そういう時に出会ったナンバーガールは。ナンバーガールの歌詞は。目的なんてないし、動機なんてないし、ただ急に炸裂する衝動を、見せてくれた。そう、人間だって花火になるかもしれん、魚だって雷撃になるかもしれん。そういうことがあり得るんやで、芸術とか音楽とか、だから必要。私には。

書こう。って、そのときはっきりおもったんだ。

十代

十代のころに強烈に好きになるバンドが現れて、それから自分の価値観は始まったのかもしれないし、終わったのかもしれない。自分を飛び越えていくものに憧れるとき、それは追随ではないかとも思う。いくつになってもあの当時聴いていた音楽は、私の焦りに火をつけて、いつも自分が自分のままでいることに「だめ！だ！」と叫びたくなる。私は私だ、でも私は私だというならそれは当時私がバカにしていた「理由」しかもたぬ、自分の範囲を出ることができない想定内の生物となってしまうだろう。この恐怖を私は絶対に手放したくない。ナンバーガールに降伏したのではない、ナンバーガールみたいになろうと思うなら、それは結局「理由」にしがみつくことだから。私は私を放棄し、未知の流星にならなくてはならない。あのとき、私の感性が終わったというならそれもよし、とだから思う。

プール

運動が苦手だ。というより、生きることそのものが苦手だ。分厚くて動きにくい着ぐるみを着ているみたいに、いつも動きにくいと感じている。それでいてすぐに尽きる体力。なにもないところでつまずいて。跳べる！　と思った跳び箱はかならず跳べない。頭で想像する動きと、体の動きが合っていない。肉体が異物のように感じるし、肉体にとってもまた、「私」は異物なのだと思う。

だけどプールに入ると、肉体と私の間にあるギャップなんてとても小さなことに感じる。水中という異質な世界。人間が生きることすらままならない場所。ずっと沈んでいることも、ずっと泳いでいることもできず、浮かびかけては体を沈め、水と決して馴れ合わない。肉体とプールが、あまりにも離れた別世界のもので、「私」と肉体の距離など忘れる。それに手足を動かせば水が流れ、波打ち、どんなふうに自分が動いたのか、少し遅れて知らせてくれる。頭の中のイメージと、実際の動きにあるギャップが、水のレスポンスによって調整されていく。「私」と肉体が、次第に重な

プールで遊ぶということがよくわからないまま大人になった。小学校の夏休みのプールでも、けっきょくひとりでもくもくと泳いでいたし、泳ぐのがプールなのにどうやって遊ぶんだろうと、とても不思議だった。それで楽しいのか、と言われるとよくわからないのですが、でもプールって楽しくなくてもいい場であるのかも、とは思う。楽しいや嬉しいよりも、平坦なままで世界へと溶けていく。

夏のクーラーの効いた部屋で、室内より明るい外の光を窓から感じて、冷たい飲み物を飲む時の、自分が光の一部になってしまいそうな感覚。夏の光は熱と共にあるけれど、それを打ち消してしまった時、光の眩しさは、根拠を失っていく。それは冷たい飲み物を飲んで、体をむやみに冷やす感覚にとても近く、こたつの中溶けそうになる冬とは、別の意味で「溶ける」と思います。

夏

っていくように思った。同期していく。肉体が、やっと自分のものになっていく。

生きることは特別だ、奇跡だと、私は当たり前に思っている。誰にも死なないでいてほしい。でも、そう願いながら、私はジャンクフードを食べ、体調が悪くても病院に行くのを面倒臭がっている。私は、私のことを「命」とは思っていないのではないかと、だから時々思うんです。クロールの息継ぎのように、必死になって息をしていると、日常でどれほど、意識せずに呼吸していたのかを知る。日常が日常として気楽なものであるのは、結局、命に鈍感になっているからかもしれないと。だって、死は怖いから。

水泳をする。鼻に水が入ると怖い、目に水が入ると怖い、息がうまくできないのはとても恐ろしい、体と心の距離が縮まるたびに、肉体が、必死で生きていることを知る。いつもすぐそばに、死があることを知る。けれど、水の流れは新鮮で、私は体が「自分のもの」だと強く感じる。それもまた、とても落ち着く時間だと、思う自分が現れる。

神戸

赤紫の電車。海と山のどちらもが見える。震災の記憶。牛すじ。イカナゴの釘煮。紫陽花がきれい。桜がきれい。小さな川、大きな川、住宅街、誰もいなくなる裏山の、芝生。ファミリアの鞄。チャーシュー、中華街。古着屋さん、レコード屋さん、高架下の楽器屋さん。花時計、有馬温泉まですぐ。村上春樹、中島らも、稲垣足穂、谷崎潤一郎。ジャズ喫茶、チキンジョージ、六甲牧場、六甲山。誰も知らない町のように思う。私しか知らない町のように思う。

神への戸、と書く地名。坂道が多く、汽笛が山の方でもよく聞こえる。海と山の狭間で暮らす人間たちは、「場所を借りている」という感が強くなる。山や海がある場所、人間ではないもののためにある土地に、住み着いた自分たち。

震災が起こる前は、神戸で起きた洪水のことが多く語られていた。三ノ宮の繁華街付近まで浸水し、それは大きな影響を与えたと、たしか聞いたことがある。急激に、震災が起きてからそれは「昔話」のように聞こえはじめた。この土地にいる私たちは、この土地のことを知らないし、ことごとく忘れていってしまう。

生まれた土地を離れてから、土地というのはどこかしら消費されゆくものだと思った。変化していく、廃れていく、もしくは栄

山と海に挟まっている
ジャムサンドのジャムみたいな町。

えていくことで、過去の姿を失っていく。渋谷なんて毎日変わっているんじゃないか？　２０２０まで東京は加速し続けるだろう、そして、簡単に「変わってしまった」と言えてしまうとき、たしかに、それは消費だと思う。人は転々とするものだから、それは自然なことであるはずだ。

　ランドセルを背負った友達が、「もう震災なんて5年前じゃん。みんな忘れているよ」と言った。１９９９年。「また、テレビは震災特集するのかな」って、私が言ったときだった。覚えているのかどうかさえわからないと思っていた。私も、彼女も忘れるわけがなくて、この土地にいる人たちが忘れているわけがなくて。でも、と、外を見てしまう。忘れるとか忘れないとか、そういう選択肢を持たない。私たちは。

　そして、故郷という存在もまた、同じだろうと思います。見慣れたビルが壊されて、デパートの名前が変わってしまう。シャッターを下ろした店が増えて、好きだった楽器屋がいつのまにかなくなっていた。入る勇気が出ない新しい店。知らないカルチャー、お祭り。でも。忘れるとか忘れないとか、そういう選択肢を持たない。私たちは。

　神戸は、変わり続けている。

町

　本当はこの町がどんな場所なのかわたしはよくしらないし、でも人にこういう場所だって教えられても「ふーん、よくわかんない」ってなってしまうと思う。ただ、「町」という言葉がイメージさせる街並みや気候はどうしても、自分が見た神戸の姿が基準になる。並行に走る私鉄と国鉄、とか。自分が知らないところに、自分にとっての神戸が蓄積されていると思うし、それは、すべて切り開き、明らかにしていかなくてもいいのではないか、と思っている。忘れていくこともあるだろうし、急に思い出すこともあるだろう。その何もかもが、美しいなと思います。

野外フェス

AirPodsつけて街を歩くと視界全部がMVになって「そーいうことじゃないんだよ！　そーいうことじゃない！」と鼓膜の中だけで響く音楽を脱ぎ捨てたくなる。昔、わたしが部屋の中で聞いていた、MDコンポから流れる音楽は、洗濯物を干しにくる親が「なんや歌下手な人やな」とか言い捨てていく危険だってあった、持っているヘッドホンがろくな音質じゃなくて、コードが邪魔で、だからいつもスピーカーから垂れ流しで聞く。それはいつも遠く聞こえる、過去に鳴らされた音だと思う。今ではないしここでもないし。音楽はいっつもわたしのことを見ていなくて、わたしの部屋とか、見ていなくて、別のどっかの場所で流れているのを、ほんま、「録音して流通させましたわ」って感じだった。自分とか自分の部屋が置き去りにされていく、そのさみしさ、悔しさを、でも当たり前だと思っていた。自分より年上の人たちが自分の青春時代と同じぐらいの時間、いやもっと長い時間、楽器触った結果、ある音。わたしと、全然違う世界のものだ、音楽は。

いい音質で、現実の音を遮って、わたしの日常を背

体力がもたない、というかそもそもモッシュに飛び込みたいという欲がない、お酒もほぼ飲まず、しらふで遠くでやってるライブを「やってんなー」と眺めるのも不安になるしいつも、「やってんなー」と「やってます」のぎりぎり境界線あたりにいる。ぴょんぴょん跳ねてゼエゼエしてる。しんどい。

景にして、音楽で、満たさないでほしい。まるで、わたしの世界も丸ごと吸収したって感じで、染めていくな、ヘッドホン、イヤホン、わたしが、満足したいと思ってるとでも思ってんの？　渇望があってやっと伸びていく根っこがある、わたしが音楽に憧れたとき、わたしは猛烈にわたしとして生きるしかないと思い知る。喜びも肯定もない、それしかないという選択が、でも、わたしに果実を与える。

野外フェスがすきです。場が密閉されていないから、音がどうしても拡散して、ライブハウスのライブよりずっと音楽が遠く思える。そういう意味で、野外フェスがすき。誰のものでもない、あの音圧を一番に感じてるのは奏でているその人たちだと思い知るとき、わたしは、音楽はどこまでも「聞く人間」のものにならないと思い知る。ぐっとくるね。わたしのものにはならない世界に、わたしは触れていけるのだ、それでも触れてしまえるのだ。

渇望しなくちゃ「世界」なんて不要になるよ、わたしを、どうかわたし一人で、満足させないで。生涯全速力、この星を、音楽を、走り抜けるつもりです。

ライブ

なんでライブに行くんやろうか、今でもよくわからないな。その人がまだ生きているってことを見て感動するんだろうか、どういう価値観なんだろう。私はライブに行きたくなるし、行ってとても嬉しくなるけれど、他人が遠いステージで歌ったり楽器を鳴らすところを見て、「あ、いはる」って思うことの意味とか全然わからんなと思う。ウオー！とかキャー！とか全然言えそうにない。ユラユラ揺れる気にもならず、むしろ一人でヘッドフォンで聴く時より、静かにしようとがんばっている。私は何をしているのかよくわからない。ライブ盤を聴くことと、ライブを見ることは実はそんな変わらないのかもしれない。でも、私はたぶんこの場にいないと不安なのだ。記録媒体に残された、過去の音源としての音楽ではなくて、現在の音楽に触れたい。それが無事に完成するところを見届けたい、そうすれば私はまた過去の音源たちを愛して暮らせるから。よくわからない、そういうことなんだろうか、本当に。「あ、いはる」とおもうとき、でもめっちゃぞくっとする。音楽って本当にあるんだな、ってここでやっとわかるから。

あとがき

好きなものについていくらでも語れると思いながら、私のことを語ることには価値を感じない。それは昔からのことで、自分の気持ちや考えなんて誰も興味ないと思っていたし、だから詩を書いているのだと思う。私ではなくなる方法が言葉を書くことであり、意図しない言葉が現れる時の、自分よりもずっと先を、言葉がひた走っている感覚。それは、私が私を語れないと思うときの不安や虚しさをひっくり返す、私が私の輪郭をかたどるためだけにこの人生を使うだなんてくだらないぜ、絶対に、私は私なんてやめ続けてやるし、そうやって世界にいること、世界丸ごと、時間軸すべてを堪能していく、それしか「生きる」って思えない。

好きなもののことならいくらでも書けるけれど、本当は、それが「好きなもの」を説明する言葉ではないと、わかっている。私は「好き」がどういう感情なのか知りたいわけでも、「好き」を通じて、自分の人となりを知りたいわけでもなくて、この世界が、自分という存在をきっかけに時に爆発してしまうと信じていて、それをただ、見たいだけなんだ。どうして好きなのか？　知ろうとすればするほど、言葉は違うところへ行く、好きなものそのものでも、私そのものでも、世界そのものでもなく、でも、好きなものと私と世界がなくっちゃ生まれやしない言葉たち。

そーいうのが愛おしいよね。


先日、めちゃくちゃ高いビルの喫茶店で空を見ていた、空も近くて、地面も近く感じたから、人類が暮らす空間って狭いなあって思ったんだ。まるで、いただきますって手を合わせた、その手の隙間に暮らしているみたい。

でもその空間にもっと小さな自分がぶら下がっているって思った途端、急速に世界は鮮やかに見える、どれだけこの場所のことを語り続けても、言葉は、止まらないんじゃないか？って。「好き」って思うことで、「好き」って考えることで、一つの答えに行き着くことなどない、ただ、考えるたび形を変えていく「好き」は、ときどき、ふしぎな美しさをたたえて。この光を観測できるのは、そこにあなたがいたから、と伝えてくれる。

それが、私にとっての因数分解です。「好き」の因数分解。

読んでくれてありがとう。

「好き」の因数分解

2020年2月1日　初版第1刷発行
2023年5月21日　第3刷発行

著者　最果タヒ
ブックデザイン　佐々木 俊

発行者　孫 家邦
発行所　株式会社リトルモア
〒151-0051 東京都渋谷区千駄ヶ谷3-56-6
TEL:03-3401-1042
FAX:03-3401-1052
info@littlemore.co.jp　http://www.littlemore.co.jp

印刷・製本 シナノ印刷株式会社

ISBN 978-4-89815-516-5 C0095

さいはて・たひ
1986年生まれ。2004年よりインターネット上で詩作をはじめ、翌年より「現代詩手帖」の新人作品欄に投稿をはじめる。06年、現代詩手帖賞を受賞。07年、詩集『グッドモーニング』を刊行し、中原中也賞受賞。12年に詩集『空が分裂する』。

14年、詩集『死んでしまう系のぼくらに』刊行以降、詩の新しいムーブメントを席巻、同作で現代詩花椿賞受賞。16年の詩集『夜空はいつでも最高密度の青色だ』は17年に映画化され（『映画 夜空はいつでも最高密度の青色だ』石井裕也監督）、話題を呼んだ。

詩集には『愛の縫い目はここ』『天国と、とてつもない暇』『恋人たちはせーので光る』『夜景座生まれ』『さっきまでは薔薇だったぼく』『不死身のつもりの流れ星』。

小説家としても活躍し、『星か獣になる季節』『十代に共感する奴はみんな嘘つき』『パパララレレルル』など。17年には清川あさみとの共著『千年後の百人一首』で100首の現代語訳をし、18年、案内エッセイ『百人一首という感情』刊行。ほかの著作に、エッセイ集『きみの言い訳は最高の芸術』『もぐ∞』『コンプレックス・プリズム』『神様の友達の友達の友達はぼく』、対談集『ことばの恐竜』、翻訳『わたしの全てのわたしたち』（サラ・クロッサン／金原瑞人との共訳）、絵本『ここは』（及川賢治〈100%ORANGE〉との共著）など。

初出

風立ちぬ　「POPEYE」2017年 11月号（マガジンハウス刊）
燃える　「すばる」2020年 1月号（集英社刊）

書くこと、宇多田ヒカル、それでも町は廻っている、町田康、BLANKEY JET CITY、NUMBER GIRL、神戸、は書き下ろし。ただし、
書くこと（緑のところ）「文學界」2020年 1月号（文藝春秋刊）
宇多田ヒカル（緑とピンクのところ）　Twitter
BLANKEY JET CITY（ピンクのところ）「GINZA」2019年 12月号（マガジンハウス刊）

それ以外は、「FUDGE」の連載『「好き」の因数分解』2016年11月号〜2020年2月号（三栄刊、連載担当 Minimal）を再編集し、加筆修正をいたしました。

JASRAC 出 2000256-001